余命わずかだからと追放された聖女ですが、巡礼の旅に出たら超健康になりました

rimage, she had a short life ex

ause she became super

2

マチバリ

Illustration マトリ

人物紹介

プラティナ

女王レーガにより虐げられていたシャンデの
第一王女かつ聖女。
余命わずかと宣告されたのを機に、
巡礼の旅に出る。

アイゼン

プラティナの巡礼の旅に同行している護衛騎士。
もとは冒険者。腕試しに剣技大会に出場し優勝した流れで
メディ専属の近衛騎士に選出される。

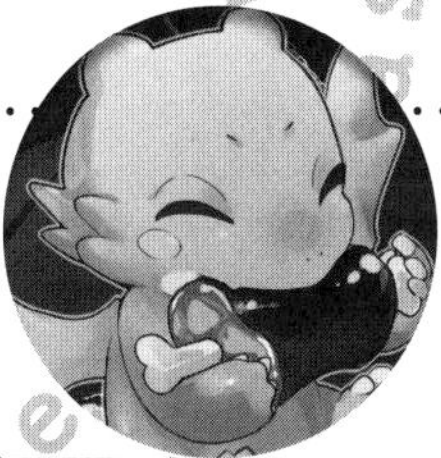

アンバー

1つめの聖地に向かっている最中に、
弱っているところをプラティナに助けられたドラゴン（種族不明）。
プラティナに非常になついている。

メディ

プラティナの異母妹。
レーガの娘。

ツィン

プラティナの元婚約者。
神殿長の息子。

レーガ

シャンデの女王。もとは王の愛妾に過ぎなかったが、
王妃が病死しのちに王も亡くなった結果、女王となった。
プラティナのことを疎み、冷遇している。

contents

これまでのあらすじ

第一王女という立場にもかかわらず、
「聖女」の役目を押し付けられ、
神殿の外に出ることもなく孤独に生きてきたプラティナ。
過労のせいで「余命わずか」と宣告を受け、
異母妹の策略により聖女の地位と婚約者を奪われ、
「聖地巡礼」という名の国外追放を受ける。
プラティナの体力で聖地を巡れるはずもなく、
それは実質死刑宣告のようなものだった。
とはいえ、王女に従者の一人も付けないわけにはいかず、
護衛として選ばれたのが黒騎士アイゼン。
彼もまたレーガの圧政によるとばっちりを食らい、
その身に不条理な呪いを受けていた。
不遇な二人の巡礼旅はそのまま死の旅になるかと思われたが、
旅を続けるうちになぜかプラティナは健康さを取り戻していく。
しかも行く先々で無自覚に聖なる力で問題解決してしまい、
いつの間にか『奇跡の聖女の巡礼』が噂にまでなってしまう。
体よく二人を追い出せてほくそ笑んでいたメディだったが、
レーガの怒りに触れてしまう。
どうやらプラティナにも呪いがかけられており、
聖地巡礼は彼女の呪いを解く助けとなってしまうようで……

五章　二つ目の聖地

目が覚めるような鮮やかな青の世界。

それがプラティナがラナルトの港に感じた第一印象だ。

「すっごいですね。これが、海！」

海を見つめ、潮の香りを胸いっぱいに吸い込む。全身で感じる海という存在に胸が高鳴る。

定期船に揺られること二日。プラティナとアイゼンは無事にラナルトの港町に着いていた。

ラナルトは流石《さすが》港町と言うだけあって、道中にこれまで立ち寄った街や村とは規模が違う。

むしろ王都よりも活気に溢《あふ》れているような気がする。

「ここは他国との交流の要だからな。王家も無茶な政策はとれてないんだろう」

ラナルトは元々無国籍の港町だったが、様々な国からの交易船が着港するようになったことから、百数年前に政治的な理由でシャンデに属した町だった。

納税はするが統治には関わらないというのが当時の取り決めだったらしく、ラナルトはシャンデの中でも特別な立ち位置らしい。

「アイゼンはこの街に来たことが？」

「ああ。俺は船でこの港に来たんだ」

少し懐かしそうな顔をしながら着港している船に視線を向けるアイゼンの横顔に、プラティナは目を奪われた。

アイゼンがこの国の人ではないのは知っていたが、海の向こうから来たのかと。

彼の髪の色も瞳の色も、ここではないどこかのものだと知ると不思議と神秘的に見えてくるから不思議だ。

（あなたの故郷はどんなところ？）

不意にそう聞いてみたくなる。

本当に今更だが、プラティナはアイゼンがどんな人生を歩いてきたかを知らないのだ。

自分のことは殆《ほとん》ど話してしまっているのに。

アイゼンについてわかっていることといえば、冒険者や傭兵として各地を転々としていたことだけだ。

（でも、聞かない方がいいような気もするのよね）

神殿で信者たちの相談に乗っていたとき、彼らは自分たちのことを必死に話したがった。逆に、自分のことをまったく語りたがらない人もいた。人が抱える事情はさまざまだ。

興味本位で踏み込んでいいものではない。

（いつか、教えてくれたらいいな）

そんな日が来ればいいと思いながら横顔をじっと見ていれば、その目が居心地悪そうに細まったのがわかった。

「俺の顔に何かついているのか」

「あ、ごめんなさい」

つい見過ぎてしまっていた事実に気がついて急いで目をそらす。

まさか見蕩《みと》れてましたとは言えない。

「とりあえず宿に行くぞ。そろそろチビも呼んでやらないと拗《す》ねるだろう」

「そうですね」

空を見上げれば、ずっと上の方で旋回しているアンバーの姿が見えた。ラナルトは港町だけあって、魔獣連れの人間も珍しくなかったがアンバーは何故《なぜ》か人混みを嫌がった。

とはいえずっと空を飛ばせておく訳にはいかないので、魔獣用の小屋がある宿を探している最中だったのだ。

船旅そのものはとても平和だった。ただやはり船上は地上とは勝手が違うこともあり、何かと不便だったのは事実。

地面に降りた瞬間、ほっとして少し気が抜けてしまったくらいだ。

「開いていればいいがな」

少し先を歩くアイゼンの足取りには迷いがない。プラティナのことを気遣ってくれているらしく、歩調は緩やかだ。

それを追うプラティナは、人の多さに少々気圧《けお》され気味だ。これまで見たことがない外見をした老若男女たちの群れは情報過多で、見ているだけでも頭が混乱してくる。

アンバーの気持ちが少しわかると思いながら、ちょっと恨めしげに空を見上げたのだった。

少し歩いてようやく人の姿がまばらになってきた。

港の近くとは違い、少し落ち着いた光景になったことでプラティナはようやくほっと息を吐《つ》いた。

濃い色のレンガで揃えられた小道と広場。そしてそれを取り囲むようにいくつかの店が立ち並んでいた。

「ここは？」

「知り合いの店だ」

アイゼンが足を向けたのは『ゼットの靴紐』という看板が下がった店だった。靴を売る店なのだろうかと考えながら扉を開ければ、広い店内には揃いの机と椅子がずらっと並んでいた。どうやら食堂らしい。

「すみませんお客さん。まだ開店前なんですよ……って、お前、アイゼンじゃないか」

店の奥からのっそりと現れたのはアイゼンよりも更に背の高い男性だった。短く刈り揃えられた髪と丸っこい瞳。丸みを帯びた体格は、どこか熊を思わせる。

「ようゼット。元気だったか」

「おお。元気してるぜ。お前、王都に行ったきりもどってこないから心配してたんだぞ」

ゼットと呼ばれたその人はアイゼンに近づくと、大きな手でバンバンと肩を思い切り叩いていた。

アイゼンもまたそんなゼットに親しみのこもった笑みを向けている。

（こんな顔するんだ）

驚きながら二人の様子を見つめていると、ゼットがひょいっとこちらに顔を向けた。

胡桃色《くるみいろ》の瞳がまっすぐにプラティナを見つめる。

アイゼンの知り合いならば悪い人ではないだろうと、プラティナは笑みを浮かべると小さくお辞儀した。

「こんにちは」

「なっ……!!」

「?」

驚愕という表現がしっくりくる顔をしたゼットがプラティナを上から下まで目を丸くして見つめた後、音がしそうな勢いでアイゼンに向き直った。

「こんな可愛いお嬢さん、お前どっからさらってきた！」

「人聞きの悪いことを言うな!!」

「だって、お前……嘘だろ!?」

「何を考えているか知らんが誤解するんじゃない。今の俺は、この子の護衛だ!!」

「護衛～～!?」

突き抜けるようなゼットの大声に、店の奥からなんだなんだと人が出てくる。

「店長、何ごとですか」

「まさかまた変な押し売りですか」

「いや、違う。ちょっと昔なじみが来てな。お前たちは仕事をしててくれ」

「はーい」

「アイゼン。お前はこっちだ!」

ちょっと慌てた様子で彼らを再び店の奥に追いやったゼットは、アイゼンとプラティナを角《すみ》の席に連れ込んだ。

ゼットと向かい合う席にアイゼンが腰を下ろしたので、プラティナはその横にそっと座る。

使い込まれた木の机はピカピカに磨き上げられていたし、備え付けの椅子は座り心地がいい。

ここは素敵なお店なんだろうなと思いながら、プラティナはぐるりと店内を見回した。

「ええと、お嬢さん」

「はじめまして。私はプラティナといいます」

「お、おう……俺はゼットだ。この店で店主をやってる。このアイゼンとは昔一緒に冒険者をしてたことがあるんだ」

「まあ！　私は今巡礼の旅をしてるんですが、アイゼンに護衛をしていただいてるんです」

「護衛って……プラティナちゃん、こいつは気も利かないし滅多に喋《しゃべ》らない男だろう？　大変じゃないか？」

「とんでもない！　アイゼンはとっても優しいですよ。ずっと私を助けてくれて、大事にしてくださいました。彼がいなかったらここまで来られなかったと思います」

アイゼンのことを話せる人にはじめて会った喜びから、声がうっかり弾んでしまう。

ゼットはしばらく固まった後、眩しそうに目を細めてからゆっくりとした動きでアイゼンに視線を向けた。

「アイゼン」

「なんだよ」

「お前……」

うるっとゼットの瞳に涙が浮かぶ。

アイゼンがぎょっとしたのが気配で伝わってきた。

「お前っ、成長したなぁ！」

「絶対何か勘違いしてるだろう。お前が考えてるようなことはないからな！」

「あの……？」

今にも声を上げて泣き出しそうなゼットと眉をつり上げて青筋を立てたアイゼンを見比べ、プラティナは首を傾《かし》げたのだった。

「俺とアイゼンは三年前まで一緒のギルドにいたんだ。よく同じ依頼を受けてな。まだガキだったコイツに、何度も助けられたよ」

そう語るゼットの顔には、過去への哀愁が滲《にじ》んでいるように見えた。

長い冒険者生活で身体を壊したゼットは、アイゼンと一緒の船でこの国に渡ってきたらしい。

昔からずっと憧れていた食堂兼宿屋の主人になるために。

「元いた場所は顔なじみが多くてどうも落ち着かなくてな。最後の仕事の報酬でこの店を貰《もら》ったこともあって、この港町に腰を据えたってワケさ」

「ずいぶんと似合ってるじゃないか、店長」

「まあな。色々あったが、それなりに上手くやってるぜ」

気の置けない二人の口調にプラティナはつい笑ってしまう。

「で、お前はなんでプラティナちゃんみたいな可愛いお嬢さんの護衛をやってるんだ？　風の噂じゃ、この国の姫さんの近衛《このえ》騎士をやってるって聞いたが……俺はてっきり、宮仕えが気に入って冒険者を辞めたのかと思ったぞ」

気遣わしげなゼットの問いかけに、アイゼンは思い切り鼻の頭に皺《しわ》を寄せた。

「剣技大会で優勝したせいで無理矢理にやらされてたんだ。色々あって近衛は辞めた。いまは彼女の護衛だ」

「色々って……」

訳がわからないという顔をしてアイゼンとプラティナを見比べていたゼットだったが、はぁ、と短いため息をつくとすぐに表情を切り替えた。

「ま、人生には色々あるか。とにかくお前が元気そうでよかったよ。よく来てくれた」

ほがらかなその笑顔は温かさに満ちていて、見ているこちらまで穏やかな気持ちになってくる。

きっとこのゼットという人は素晴らしい人なんだなとプラティナは感じていた。

だからこそここに連れてきてくれたのだろうと。

少しだけアイゼンに近づくことを許されたような気持ちになって、胸の奥がじんわりと痺れた。

「泊まっていくのか？」

「ああ。二、三日ほど頼む。あと、従魔がいるんだが屋上は使えるか？　でかいんだ」

「おう。好きに使ってくれ。って、お前、魔物と契約なんてできたのか？」

「俺じゃない。彼女のだ」

「へぇ」

ゼットが意外そうに目を丸くした。

まさかプラティナのような小娘が魔物を従えているとは思わないのだろう。

「プラティナ、チビを呼んでやれ」

「ええ」

「その階段を上がれば屋上に出るぜ！」

「ありがとうございます」

アイゼンとゼットに見送られながら、プラティナはアンバーを呼ぶために階段を駆け上がったのだった。

「で、一体どういうわけだ」

「なにがだよ」

「あのお嬢さんだ。あんな育ちのいい娘さんをどっから連れてきた」

先ほどまでの穏やかな表情を一変させ、どこか冷酷そうな顔をしているゼットにアイゼンは軽く肩をすくめる。

ゼットは海向こうの国では名の知れた冒険者だった。

派手な活躍はしないものの、安定した実力と明るい人柄のおかげで人望があり、引退後はギルドからも職員にならないかと望まれていたくらいだ。

靴紐のように目立たないが、なくてはならない大事な要。

誰かが面白がって付けた愛称を気に入り、店名にまでしてしまった豪快な人柄はいろいろな人を惹《ひ》きつける。

だが、引退後は人並みの生活を送りたいといってわざわざ国を移り住んだ。

（どこまで話したものか）

アイゼンはゼットに深い恩がある。

ギルドに登録したばかりのひよっこの頃からよく面倒を見て貰った。ゼットに教えられた知恵は、この旅でも随分役立っていた。

だからこそ、ここにプラティナを連れてきたのだ。

「……彼女は神殿で聖女をしていた女性だ。訳あって追放同然に巡礼の旅に出された」

「巡礼って……あの、この国に散らばってる聖地を回る旅のことか？　あんなか弱そうなお嬢さんが巡礼？　しかも聖女って言えば、神殿でも最高位の存在だろう？　それを追放って……この国はほんとうにどうしちまったんだ」

信じられないと目を剝《む》いて矢継ぎ早に疑問を口にするゼットに、アイゼンはめんどうくさそうに頷く。

「俺は彼女の見張り役としてつけられた護衛だ。といっても、連中に尻尾を振る気はないがな」

「護衛ってのは本当だったんだな。しかし、なんでお前が」

「呪いで縛られてた」

「なっ！」

「すでに彼女が解呪してくれた。今のところ、追っ手もいないし見張りも付いてない」

ここまでの道中。アイゼンの他にプラティナを追う気配は感じなかった。王家の連中はまだアイゼンの呪いが解かれていることにも気がついていないはずだ。

「見張りもいないのに、なんで彼女と一緒に居るんだ？」

「俺は俺の意志でプラティナを守ってる」

最初は呪いによって強制的に護衛にさせられたが今は違う。

プラティナが望む限りは傍《そば》に居るし、その後だってずっと守っていてやりたいとさえ思っている。

まだ本人に伝えてはいないので許可をもらっているわけではないが、アイゼンなりにこの先のことは真剣に考えていた。

「ほー……」

「……なんだよ」

「いや。世界の全てが敵みたいな顔してたお前がなぁ」

しみじみと何かを噛みしめるような顔をするゼットから、アイゼンはふんと顔を背ける。

「まてよ……じゃあ、噂になってる『奇跡の聖女様とその護衛』ってのはお前たちのことか」

「なんだその噂は」

「少し前にギルドから聞いた話だ。指名手配になってた詐欺師どもが捕まったらしくてな。連中をやり込めたのが、巡礼に来てた聖女様だってのが噂になってたんだ。それ以外にも、男女の二人組があちこちで奇跡を起こしてるってな」

（しまった）

アイゼンは思い切り顔をしかめた。

旅を急ぐあまり、プラティナがこれまで起こしてきた奇跡がどう広まるかを考えていなかったのだ。

最初の街に、カーラドの谷、そして川の民。そこ以外でも、プラティナは旅の途中で立ち寄った小さな集落で怪我人や病人をさも当然のように癒やしたりしていた。冷静に考えて、話題にならない方がおかしい。

「その噂、どこまで広がってる?」

「さぁ……?　でもギルドに出入りしている人間ならもう大体知ってると思うぜ。今この国じゃ明るい話題はないに等しいからな」

「まあ……そうだな」

「女王陛下の御代《みよ》になってから、ずいぶんと荒れてるらしいじゃねぇか。この港町は治外法権みたいなもんだからあまり影響はないけど、王都からやってくる人間の数は増え続けてる。最近じゃ、この国に来る人間よりも出て行く人間のほうが多いくらいだ」

「だろうな」

王都はレーガの圧政のせいでずいぶんと治安が悪いと聞いている。

城から出ることが許されなかったアイゼンの耳にも届いていたくらいだ。

王家の犬どもが動いている気配はなかった。王都がかろうじて維持されているのは、ギルドあたりが努力しているのではないかとアイゼンは踏んでいた。

黙り込んだアイゼンを見ていたゼットが、ふと何かを思い出したように片眉を上げる。

「……そういや、つい最近王都から出てきた客から聞いたんだが、王都の神殿にいた聖女様が代替わりしたらしい。そのせいで、これまで王都に出回ってたお手製の薬が手に入らなくなって色々困ったことになってるらしいぞ。スラムじゃ妙な病気が流行ってると聞くし、マジでやばいかもな」

「…………」

さぐるようなゼットの言葉にアイゼンは応えない。

聖女の薬については初耳だったが、それを『誰』が作ったかなんて考えなくてもわかる。

返事をしないアイゼンにゼットは長いため息を吐いた。

「面倒ごとが嫌いだったお前がずいぶんと変わったもんだ」

「うるさい」

「……いい子なんだな」

「……」

「大事にしてやれよ」

上手く返事をすることができないアイゼンはゼットから視線を逸らす。

そうしたいのはやまやまだ。だが、今のところどうすればいいのかよくわからないのも事実で。

(大事にするってどうすればいいんだよ)

気持ちを静めるように小さく息を吐いたアイゼンは、再びゼットに顔を向けた。

「……とりあえず医者を紹介して欲しい」

「医者？　お前どこか怪我をしたのか」

「俺じゃない。彼女だ」

「は？」

ゼットは、プラティナが上っていった階段へと視線を向けた。

「詳しい病名は俺も知らない。妙に疲れやすかったり、元気かと思ったら急に倒れたりすることがある。巡礼に出されたのもそのせいだ」

「……王都では治せなかったのか」

「治す気がなかったようだ。食事もまともに与えられてなかったくらいだからな」

ごん、と鈍い音が響く。固く握りしめられたゼットの拳が机を叩いたのだ。

怒りに染まったその表情に、アイゼンは相変わらずの正義漢ぶりを感じて苦笑いを浮かべる。

「頼む。腕のいい医者を紹介してくれ」

「もちろんだ」

訳も聞かず頷いてくれるゼットに頼もしさを感じながらアイゼンは静かに立ち上がった。

「夕食は多めに頼む。彼女、ああ見えてよく食べるんだ」

「まかせとけ！　従魔には何を用意したらいい？」

「肉なら何でもいいさ」

ここ最近は川魚ばかりでアンバーも飽きていたことだろう。

ゼットの料理はうまいから、きっとプラティナも喜ぶはずだ。

頬をほころばせて食事をする姿を思い浮かべるだけで、身体の奥がほんのりと熱を持つのは何故なのか。

はっきりと名付けるのがまだ勿体《もったい》ない。そんな気持ちを噛みしめながらアイゼンは階段に足をかけた。

＊＊＊

「おいしい！　おいしいですよ、ゼットさん」

「そうかいそうかい。料理は逃げないから、ゆっくり食べな」

「はい！」

ゼットが振る舞ってくれた料理はどれも最高だった。

身が引き締まった白身魚と大ぶりな貝をトマトや野菜と煮込んだ料理は、程よい酸味があってとにかく優しい味だった。

海鳥の肉を使ったというハムは少し固めではあったが、噛めば噛むほどにじわりと甘みが染み出してくるので癖になる。

どれもこれもが幸せの味しかしないと、プラティナは感激の言葉を口にしながらスプーンを動かす。

「すっごく幸せです。ゼットさんのお料理は、味もですけど見た目が本当に綺麗ですね」

「だろう？　彩りにはこだわってるんだ」

「こんな綺麗なお野菜はじめて見ました！　美味しい！」

お腹も心も満たされると頬を押さえれば、何故かゼットが「ぐうう！」と獣めいたうなり声を上げた。

見れば大きな手で目元を押さえて下を向いている。

「いっぱい食べろよ！　コレはサービスだ！」

どん！　と机の中央に置かれたのは巨大なパイだ。

中にみっしりと詰まっているのが真っ赤なベリー。甘酸っぱい匂いがふわりと立ち上って鼻孔をくすぐる。

「わ～～！　綺麗！　美味しそう！」

飛び上がりたい気持ちを抑えながらプラティナは歓声を上げた。

ナイフを入れて切り分けられたパイは断面まで美しい。こんがりと焼けた生地の中には黄金色のクリームがみっしりと詰まっており、皿にのせられた途端にとろりと蕩《とろ》ける。

フォークの先で一口大に切ったパイに溶けたクリームを付けて食べれば、信じられない位の甘さ

が口の中を突き抜ける。

「美味しいですよ！　アイゼン！」

「そうだな」

アイゼンも心なしか表情が明るい。

やはり知り合いの店という気安さもあるのだろう。普段よりもずっと楽しそうに食べている。

それには何かと席に寄ってきては声をかけてくれるゼットの存在が大きい気がした。

夕暮れ時をすぎると、常連客で店の中は溢れていて活気に満ちている。

「まるでお祭りみたいですね」

「祭り？」

「はい。なんだかみんな楽しそう」

「そうだな。ゼットの周りにはいつもこんな風に人間が集まるんだ」

「素敵な人ですね」

「……ああ」

噛みしめるようなアイゼンの相づちにプラティナは小さく微笑む。

美味しい食事に久しぶりのベッド。

なんて素敵な日なのだろうと思いながら、プラティナはシーツを被った。

目を開けるとそこは見知らぬ部屋だった。

周りには何も無い。誰もいない。冷たい床に裸足で立たされているのがわかる。
これは夢だとすぐにわかった。同時にただの夢でもないことも。
『お前の力は一生私のものだ』
恐ろしい声が聞こえる。
骨の髄まで凍えそうな恐怖で身体が動かない。
『お前は私がようやく見つけた――なのだから』
爪を真っ赤に染めた不気味なほどに白い手がプラティナの腕を摑《つか》んだ。
強い力でどこかに引きずられていく。
『無駄だ。何処《どこ》に行っても必ず見つける』
白い手の先に黒いローブが見えた。
そこに誰かいる。
こわい。嫌だ。やめて。
叫びたいのに声が出ない。身体が動かない。
ぎゅっと目を閉じて必死に踏ん張る。
どこかに連れて行かれる。何処にも行きたくないのに。
助けてと唇だけがわかなく。
――アイゼン！

「プラティナ！」

心の中で叫んだ声に応えるように、すぐ近くで声が聞こえた。

弾《はじ》けるように瞼《まぶた》を開ければ、世界の明るさに目がくらむ。

焦点がぶれた視界の先で、美しい黒い瞳と視線がぶつかる。

数秒遅れてそれがアイゼンだと気がついたプラティナは、無意識のうちに止めていた息をすうと吐き出し、それから吸い込む。

新鮮な空気が肺の中を満たして、ようやく自分が夢から覚めたことを理解した。

「おい！　しっかりしろ、大丈夫か!?」

「え……？　アイゼン……？」

ひどく身体が重い。頭全体がじんじんと痺れて鈍い痛みを訴えていた。

悲しいほどに身に覚えがある感覚だ。吐き出す息は熱くて重い。

「私、熱を出したんですね」

「ああ。起きてこないから呼びに来たら酷《ひど》くうなされていた。大丈夫なのか？」

アイゼンの手が汗ばんだ額を撫でてくれる。

冷たい皮膚が心地よくて、ほっと息を吐けばアイゼンの表情が苦しげに歪んだ。

「今、医者を呼んでいる」

「少し休めば治りますよ」

「駄目だ！　くそ……！」

苛立《いらだ》った様子でアイゼンが悪態をついた。

何を怒っているのかと問いかけたいのに、熱でひりつく喉は上手く言葉を紡いでくれない。

こんなことは慣れっこだから気にしないでと伝えたいのに。

汗ばんだ肌に張りついた服が気持ち悪くて、プラティナはシーツの中で苦しげに身じろぎをした。

「とにかく今は寝てろ。医者が来たら起こしてやるから」

「……はい」

逆らう気にはなれず、プラティナは素直に頷く。

それに安心したように頷いたアイゼンが、プラティナの額から手を離しゆっくりとその場から立ち上がった。

「あ」

気がついたときには身体が勝手に動いていた。

指一本を動かすのもだるいはずなのに、手が勝手に動いてアイゼンの袖を掴む。

驚きに目を丸くしたアイゼンの表情にいたたまれず、プラティナは急いで手を緩めるが、アイゼンの手が逆に優しく手を握ってきた。

「どうした？」

問いかけてくれる声音があまりに優しくて、目の奥がずんと痛む。

これまで熱を出して倒れたプラティナを、こんな風に労《いたわ》ってくれた人なんていなかった。

ずっと平気だったのに。苦しいのもひもじいのもひとりきりなのも、全部あたりまえだったのに。

アイゼンに出会って旅をして美味しいご飯を食べて、誰かと一緒にいる楽しさを知ってしまったから。

「……眠るまで傍にいてくれますか?」

「ああ」

大きな手がプラティナの手を包んでくれる。

骨張った長い指は少しざらついているのがわかった。

さっきまでの苦しさが少しだけ和らいだ気がする。

「ありがとう」

辛いときに傍にいてくれる人がいる。それがこんなに嬉しいことだなんて知らなかった。

滲みそうになる涙をこらえるように、プラティナは笑みを浮かべた。

ゼットが呼んでくれた医者は白いひげを生やした老人で、まさに名医という風貌だった。

縁なしの丸眼鏡を上下させせながら、ベッドに横たわったプラティナの脈を確かめた医者は深いため息をついて首を横に振る。

「儂《わし》には治せんな」

「おい!」

医者の言葉に叫んだのはアイゼンだ。

診察の間はだまって壁に背中を預けていたのに、医者がそう口にした途端飛びかからんばかりの勢いで近づいてくる。

ゼットが後ろから羽交い締めにしなければ、胸ぐらを掴んでいたかもしれない。

「それが医者の言葉か。彼女を治せ」

「人の話は最後まで聞くもんだぞ」

「なんだと！」

やれやれと肩を撫でる仕草をした医者は、プラティナの顔をじっと見つめた。

その穏やかな瞳に何故か少しだけ気分が軽くなったような気がする。

「これくらい、寝てればすぐ元気になる」

「へっ……」

予想外の言葉にその場の空気が止まる。

ゼットに押さえられて暴れていたアイゼンもぽかんとした顔をしていた。

「でも、今、治せないって」

「薬を出すような症状じゃないだけだ」

「まぎらわしいんだよ！」

アイゼンの叫びが、再び部屋に響く。

医者はアイゼンに呆れた視線を向けつつ、診察道具の片付けをはじめてしまった。

「お嬢さん、あんたの身体は健康だよ。熱が出たのは、運動と食生活が改善したことによる好転反応だろうな。急に体力が付いたんで身体がビックリしたんだろう」

「身体がびっくり」

「あとは純粋に食べ過ぎだ。ちっこい身体にどれだけ詰め込んだんだか」

「……お恥ずかしい」

思い当たる節がありすぎてプラティナは首をすくめた。

同時に、じわじわと喜びがこみ上げてくる。

（私、死なないってこと？）

巡礼を終えても生きていられる。ずっとアイゼンやアンバーと一緒にいられるかもしれない。

熱でだるいはずの身体に血が巡って、瞳が潤む。

「問題はお嬢さんが持ってる特別な力だ」

「え？」

歓喜の声を上げようとしたプラティナに医者が静かに告げた。

意味がわからず見つめ返せば、医者は皺の浮かんだ手で、プラティナの細い手首を摑んで持ち上げる。

「お嬢さんはこれまでも何度か死にかけたはずだ。つい最近まで、死の淵にいたような身体をしている」

「……！」

言い当てられた言葉にぎょっとしていると、医者の後方でアイゼンとゼットが驚愕の表情を浮かべているのが見えた。

「なんで、それを」

「身体を見ればわかる。力を使い過ぎて倒れては回復して……そんなことの繰り返しだったはずだ」

「そう、ですけど」

「だがそれはおかしいんだよお嬢さん。人間には生存本能がある。自分の意志でも倒れるほどに力を使い切るようなことはそうそうできないはずなんだ」

神殿で聖女になってからの日々が思い返される。

何度も倒れ、何度も寝込んだ。

祈る度にごっそりと力を奪われる感覚。

それが普通だと思っていたが、医者はそれはおかしなことだと言う。

「……とても強い力を生まれ持ってしまったんだな。お嬢さんの身体が弱ったのは、その力を使いすぎたせいだ。休めば力が回復するので自ずと身体も復活する。あまりに過酷な使い方をしてきたようだね」

どこか哀れむような顔で呟く医者の瞳は、悲しげに揺れていた。

告げられた言葉をプラティナは何度も反芻《はんすう》する。

力の使いすぎ。

それはこの国を守るために祈りを捧げていたあの日々のことだと直感で理解した。

祈る度に苦しみ、倒れていた。

「元気になったのは環境が変わったのもあるが、その力を使わなくなったからなんじゃないか？」

「……そこまでわかるんですか」

全てのピースがゆっくりと嵌《は》まっていく。

聖女をやめ旅を始めた頃から、不思議と疲れることがなくなった。

だって祈っていなかったからだ。

「それに、お嬢さんの身体にはもう一つ問題があるようだ」

医者は鞄の中から透明な石を取り出す。

まるでメガネのレンズのように平べったいそれを、医者はプラティナの手に握らせた。

すると、透明だったはずの石が淡く光った。

石の中を満たす白く優しい輝きに部屋の中が明るくなる。

「……きれい」

うっとりとその光を眺めていると石の中にぽつんと赤い点が浮かび上がる。

不気味なその色はじわじわと広がり、白い光をどんどん吸い込み始めた。

「!!」

「おい！」

ゼットを振り払ったアイゼンが駆け寄ってくる。

プラティナは手の中で色を変えた石から目が離せなかった。

その赤に見覚えがあるような気がするのだ。

プラティナはこの赤を見ていい、い、い、いる。

「これはその人間が持つ魔力とその流れを具現化して見せる道具だ。さっきの白がお嬢さんの持つ力。そしてこの赤は、お嬢さんにかけられた呪いのようなものだ」

「呪い!?」

「この呪いは、お嬢さんの力を何らかの方法で奪っているように見える」

「私の力を奪う？」

どうしてと疑問ばかりが浮かんでくる。

医者はプラティナから石を取り上げると、さっと鞄にしまいこんでしまった。

「儂は医者だから、呪いの類いは専門外なので詳しいことはわからん」

「ここまで話しておいて無責任だなあんた！」

叫ぶアイゼンの声に医者はやれやれと言った顔で首を振った。

「儂にわかるのはお嬢さんの身体はずっと酷使されていたことと、身体の奥に呪いがあることくらいだ。医者の領分をこえとる。今は間違いなく健康だが、この呪いがどう作用するかなどわからん」

「そんな……」

簡単には理解できない話だ。

自分が倒れていたのは力の使いすぎだった。死にかけていたのは生来の病弱さ故ではなく、聖女だったからこそあの苦しみを味わっていた。

なおかつ、身体の中には呪いがあった。

「とにかく言えることは無茶をしないことだ。詳しいことは専門家を頼りなさい」

そこまで言うと医者は立ち上がり、片手を上げて挨拶しながら部屋を出て行ってしまう。

残されたプラティナたちは、ただ呆然とすることしかできなかった。

医者が帰ってしんと静まり返った室内。

熱っぽい頭では上手く考えることができず、プラティナは仰向けで寝転がったまま呆然と天井を見つめていた。

（私は祈りのせいで苦しんでたの？　それだけじゃなくて呪いまでもが私の力を奪って？）

「プラティナ」

アイゼンの声が沈みかけていた思考を引き上げる。

大きな手がプラティナの手をしっかりと握っていた。アイゼンの手が温かく感じるほどに、指先が冷えている。

「大丈夫だ」

何が、と聞くべきなのだろう。

聖女だった日々は過酷だったが、だからこそ誇りだった。

余命わずかだと告げられ追放同然に巡礼の旅を命じられたときも、平気だった。

自分にできることは精一杯やった。だから思い残すことはない。

だからこそ残りの人生は外の世界を見て回って、これまでできなかったことをしようと思えたのに。

「君が俺を助けてくれたみたいに、俺が今度は君を助ける」

決意を秘めたアイゼンの声に、喉の奥がぎゅうっとなる。

みぞおちのあたりが痛んで身体が震えた。

痛いほどに握り締められた手の感触だけがプラティナをこの世界につなぎ止めてくれているような気がする。

「プラティナちゃん」

アイゼンの後ろから顔を覗《のぞ》かせたゼットが、労るような笑みを向けてくれていた。

「俺はこう見えて顔が広い。呪いに詳しいやつには心当たりがある。だから安心して任せてくれ」

二人の表情に、沈みかけていた気持ちがわずかに浮き上がる。

一人ではない。そのことに今、苦しいほどに救われていた。

「……はい」

絞り出すような声で答えたプラティナに、二人は力強く頷いてくれた。

医師の言葉通りしっかり眠ったプラティナは熱も下がり、夜には普通に動けるようになった。

胃腸を休めるためにとゼットが用意してくれたのは細かく切った野菜がたくさん入ったおかゆ。

優しい旨味ととろりとした食感がたまらない。弱っていた身体に染みわたるおいしさに救われるようだった。

一番大変だったのはアンバーの世話だったとアイゼンは教えてくれた。

どうもプラティナが寝込んでいることに気がついたらしいアンバーが、精を付けさせようとおもったのか勝手に魔物を狩ってきては宿屋の屋上にせっせと運び込んできたらしい。

その中にはかなり貴重な魔物もいて、ゼットでさえ驚いていたのだとか。

食事を終えたプラティナを見守るように傍にいてくれているアイゼンの顔は、そのことを明らかに面白がっていた。

「あんな大慌てなゼットははじめて見たぞ。処分しきれなくてギルドに買い取りに来て貰ったくらいだ」

「アンバーったら」

「おかげでこの店の貯蔵庫には肉がたんまりだ。元気になったら君に食べさせるんだと意気込んでるから覚悟しとけよ」

「ふふ……」

その光景を思い浮かべ、プラティナは肩を揺らした。

早くアンバーに会いたいと思いながら、自分の両手をじっと見つめる。

医者に様々な事実を告げられたときのショックはまだ抜けきっていないが、アイゼンやゼットがずっと気遣ってくれたことでずいぶんと持ち直している。

「とにかく今夜はしっかり眠れ。ゼットが呪いに詳しい人間を探してくれてる」

「すみません、迷惑をかけて」

「言っただろう。君は俺を呪いから救ってくれた。今度は俺の番だって」

「アイゼン」

当然のことだと笑うアイゼンの笑顔に、胸が締め付けられる。

「情けないです。聖女なのに呪われるなんて」

呪われている事実を知ったプラティナは熱にうなされながら、なんどか自分の力を内側に向けてみた。

これまでは目の前の人を救うことに必死で、自分の力で自分を癒やそうなんて考えたことがなかったのだ。

呪いなんてないと信じて触れた自分の中。結果は惨敗。

たしかにプラティナは呪われていた。

身体の奥底に何らかの核が埋められている。だが、それに触れることはどうしてもできない。

「君の力でも無理なのか」

「うーん……なんていうのでしょうか、正確にはコレは呪いではないようなんです」

「呪いじゃない？」

怪訝《けげん》そうに眉を寄せるアイゼンに、プラティナは触れて気がついた呪いの核について感じたことを説明した。

プラティナの中に埋まったこれは聖なる力を吸収していることはまちがいない。だが、それを悪用してプラティナを害そうとしているわけでもどうやらないらしい。

もし本当にプラティナを苦しめるための呪いなら、流石に気がついたはずだ。

「ただ力を吸収してるだけって……その吸収した力は何処にいったんだよ」

「それがわからないんです。今は殆ど動いてないんですよねこの呪い」

まるで眠ったように静かな呪いの核をさぐりながらプラティナは首を傾げる。

これは、ずっと長い間身体の中にいたのだと思う。プラティナが持つ聖なる力とかなり同化してしまっている。解呪しようとしてもできないのはそのためだ。

「私が死にかけたのはこの呪いが原因だと思うんです」

「は？」

「今ならわかるんですが、神殿での祈りって異常に力を吸われていたんです。たぶん、神殿で祈ることが発動条件なんじゃないでしょうか」

人々の平和を祈っていた祈り。その行為が、己の命を削っていたかもしれないと知ったときは正直ショックだった。

だが、熱が下がり冷静になった今は少し違う。

旅の道中に聖なる力を使ったときは確かに疲れやすかったが、祈ったあとに力が根こそぎなくなるようなことはなかった。

それは旅で身体が強くなったせいだろうと今までは思っていたが、きっと違う。

おそらくこの呪いは神殿での祈りの際に、プラティナから過剰なまでに力を奪っていたのだ。

聖女として祈って倒れたのは、力の調整が下手だったからじゃない。

いつから、誰が、何故そんなことをしたのかはまったくわからないが、つじつまはあう。

「なんだよそれ……」

「不思議ですよね。でも、安心しました。今は呪いは作用してないみたいです。これなら巡礼の旅も続けられそうです」

「なんだと？」

低い声で唸ったアイゼンに、プラティナは動きを止める。

先ほどまでの心配そうな表情が一変し、明らかに怒っているのが伝わってくる。

どうしてそんな顔をするのかと戸惑っていれば、アイゼンが乱暴に前髪をかきあげた。

「君はずいぶんとあっけらかんとしているな。熱を出していたときは、もっとしおらしかったのに、今はずいぶんと強気だ」

「……！」

アイゼンに手を握って貰っていたことを思い出し、プラティナは顔を赤くした。

弱っていたせいでかなり気弱になって、恥ずかしいくらいに甘えてしまった記憶に、今更ながらに悶えたくなる。

「そ、それは……ちょっとあそこまで苦しいのが久しぶりだったからで」

「これまでだってひょいひょい倒れてたくせに」

「っ！」

なんだかずいぶんと意地悪なアイゼンの口調に、プラティナは急に悲しくなった。

たしかに呪われていたという事実は悲しかったが、別にそれでプラティナの何が変わるわけではない。

熱で弱っていたときはとにかくショックで自分の人生を否定されていたような気がしたが、今は違う。

そう気づかせてくれたのは、他でもないアイゼンなのに。

アイゼンとの旅が、プラティナを強くしたのだ。

「好きで倒れてたんじゃないです……でも、迷惑をかけていたのは……謝ります」

アイゼンの言葉に、心と一緒に頭が下がる。

ごめんなさい、と口を開きかけた瞬間、ゴン！　と鈍い音がした。

「あ、アイゼン!?」

アイゼンがベッドサイドのテーブルに頭を打ち付けていた。

あまりにシュールな光景に、プラティナは驚きすぎて動けない。

目を見開いたまま固まっていれば、アイゼンはゆっくりと身体を起こした。その額は怪我こそしていないものの、真っ赤になっていて痛々しい。

「すまん」

さっきとはまるで人が変わったようにアイゼンの声が萎《しお》れている。

心なしか顔色も悪い。

「そんなことを言わせたかったわけじゃないんだ」

「えっと……？」

あまりに情緒不安定なアイゼンの態度にプラティナは何度も瞬《しばたた》く。

これはどうしたことだろうか。自分で自分の頭を打ち付けるなんて。

まさかアイゼンも何かに呪われたのだろうか。

心配になって手を伸ばせば、アイゼンの手がそれを優しく捕らえた。

「俺と、この国を出よう」

熱を帯びた声に息が止まる。

「君はもっと自分の価値を自覚すべきだ。もう無理をする必要は無い。巡礼だってやめたっていい。君を追い出した王家の指示に従う必要なんて無いはずだ。聖女を呪って力を奪うようなやつがいるこんな国、捨ててしまえ」

「アイゼン」

「外の世界が見たいなら俺が何処にでも連れてってやる。この国から連れ出すくらい簡単だ。君が望むなら、なんだってしてやる。だから」

大きな手がプラティナの手首を握り締める力強さに、心臓が大きく跳ねた。

いつもとは違う必死な表情と声。熱烈な言葉の猛攻に、頭の中が真っ白になる。

ようやく下がったはずの熱が、じわじわとあがってプラティナは潤んでしまった瞳を誤魔化すために何度もまたたく。

「私は……」

いったい自分はどうしたいのだろう。

確かに巡礼は王家からの命令だ。どうせ余命わずかなのだからと、巡礼の旅にかこつけて外の世界を知りたいとここまできた。

だがアイゼンが言うように、身体が健康になった今、巡礼だけにしがみつく理由は殆ど無くなってしまった。

この港町から船に乗って、シャンデを出て行けば何かが変わるかもしれない。

でも。

「アイゼン。私はこの国の王族なんです」

「……！」

確かに大事にされた人生ではなかった。

死ぬとわかって助けられるどころか追い出されてしまった。

だけど。

「父はこの国を愛していました。私も、この国が好きなんです」

今はずいぶんと荒れてしまったこの小さな国を、これからも支えていきたいと思っている。

女王レーガの治政下でプラティナに何ができるかなんてわからない。

これまでと変わらぬ日々が待っているだけかもしれない。それでも、自分だけ逃げるなんてことはできそうになかった。

聖女と慕ってくれた人たちにろくに挨拶もできなかった。

許されるなら無事だと伝えて、これから自分にできることを探したい。

「私は巡礼を続けます。そして胸を張って王都に戻ろうと思うんです。呪いも解きたい。このまま逃げるなんて、いやなんです」

何故、呪われていたのか。

今はそれを知りたくてたまらなかった。

「アイゼン。ここまで連れてきてくれて本当にありがとうございます。おかげで私は食べ過ぎでお腹を壊すくらい元気になりました」

あの医者が言っていた。食生活と運動によってプラティナの身体が健康になったと。だったらそれは全部アイゼンのおかげだ。

「呪いだなんて厄介なことに二度も巻き込んでしまって本当にごめんなさい。あなたがもうこの国を出たいのは、当然です。幸いここは港町ですから、きっと何処へでも行けます。本当は、まだ一緒に来て欲しいけど……」

そこまで言ってしまってやっぱり言葉が詰まる。

この先、アイゼンがいなくなったら苦労することくらい今ならわかる。

無知で無力で頼りない小娘でしかない自分。

王都を出されたとき、何も考えず巡礼に行きたいと口にした時の自分を叱りつけてやりたい。

優しいアイゼンは、きっとそんなプラティナを見捨てられなかったのだろう。

でも、もう手放さなければ。ずっと考えていたことだ。プラティナのわがままにアイゼンを巻き込むわけにはいかない。

「けど、アイゼンが嫌なら」

「嫌じゃない」

手首を摑むアイゼンの手に、更に力が籠もった。

「君と行く。君が望む限り傍にいる」

「アイゼン」

どうしてそんなに優しいのだろう。

これまでだってずっと助けてくれたのに、何故まだ傍にいてくれようとするのか。

我慢していたものが溢れて、気がついたときには頬が濡れていた。

「ほんとに、ついてきてくれるの？」

情けないくらいに震えてしまった声。

アイゼンがぎゅっと眉を寄せ、摑んでいた手首を離す。

やっぱりどこかに行ってしまうのかと悲鳴がこぼれかける。

だが、それよりも先に身体があたたかいものに包まれた。

労るような優しい抱擁に、新しい涙があふれる。

「どこまでだって行ってやるさ」

プラティナは涙のにじんだ目元をアイゼンの胸に押しつけながら、ありがとうの代わりに何度も頷いた。

一晩寝てすっかり回復したプラティナにようやく再会できたアンバーは、ぎゅうぎゅうと鳴きながらその身体をこすりつけてきた。

「ごめんねアンバー。さみしかったよね」

「ぎゅう～～」

両腕でその頭を抱えて抱きしめれば、アンバーもまたその羽を広げてプラティナにしがみつく。

ほんの一日離れていただけなのに、寂しかったと訴えてくる姿は愛おしくてたまらない。

「本当にプラティナちゃんを慕ってるんだな」

感心した様子で呟くゼットは、プラティナに懐《なつ》ききっているアンバーの姿に感心しきりだ。

冒険者として長く魔物に関わってきたゼット曰《いわ》く、アンバーの外見やその性質はかなり珍しいものだそうだ。

加えて、そもそも小さな竜に遭遇したこと自体が貴重なのだと教えてくれた。

「竜種ってのは人間がいる場所にはあまり出てこない。幼体の内はなおのことだ。特にこの国ではかつて邪龍が暴れたって伝説があるから、竜属性の魔物は忌み嫌われていることもあって余所《よそ》に比べて個体数はかなり少ないはずだ」

アンバーの鱗《うろこ》を撫でながらプラティナはゼットの言葉に耳を傾ける。

「私、最初この子ってトカゲだと思ってたんですよね。羽根はあったけど小さかったし」

「まあ竜の幼体なんて普通見ないからな。俺も一度くらいしか見たことがない。それにこの色。突然変異にしても珍しすぎる」

しげしげとアンバーの身体を眺めていたゼットはうーんと唸りながら腕を組んだ。

「何らかの理由で親とはぐれたか、それともどこからか逃げ出したか」

「逃げ出した？」

「竜ってのには好事家も多い種族なんだ。小さいうちに捕らえて売り飛ばされることも珍しくない。運良く懐いてくれれば、勝手に一生傍にいてくれる生き物だからな。死ねば高級な素材にもなる」

「そんな、勝手な」

プラティナは思わずアンバーの首に腕を回してしがみつく。

こんなにかわいくて賢い生き物を商品のように扱うなんて信じられない。もしあの時アンバーが冒険者たちに捕まっていたら。想像したくもない「もしも」に身体が震えた。

黙り込んでしまったプラティナに気がついたアイゼンが、咎《とが》めるような視線をゼットに向ける。

「ゼット」

「すまん！　怖がらせる気はなかったんだ！」

「いえ……でも逃げ出したとしたら、アンバーは誰かが飼っていたってことですか？」

もしそうなら正当な持ち主がいるはずだ。

その人たちにアンバーが見つかったら奪われてしまう。

不安に身体を硬くしながらアンバーの背中に顔を埋《うず》めていれば、アイゼンが労るように肩を叩いてくれた。

「その心配はない。通常、魔物を売り買いするときはギルドを通さないと正式な所有権を主張できないんだ。あの街のギルドにはチビらしき竜の捜索願は出されていなかっただろう」

「そうでした」

「あのギルドで、こいつはプラティナの従魔としての登録を済ませているし、経緯が経緯だからな。よほどの相手じゃないかぎりは君から奪えない」

「よかった」

一緒にいられるねと微笑みかければ、アンバーも嬉しそうにくるるっと喉をならす。

こみ上げる愛しさにたまらなくなってプラティナはもう一度その身体にしがみついた。

アイゼンもまた、アンバーの翼を撫でながら優しい笑みを浮かべる。

「もしもの時は俺がなんとかしてやるから安心しろ」

その声のあまりの優しさに、プラティナは激しく狼狽《うろた》えた。

普段は見せない笑顔のせいで心臓がやけに痛い。

「……ありがとうございます」

絞り出すような声で返事をすれば、アイゼンが不思議そうな顔で首を傾げた。

逃げるように視線を泳がせた先ではなぜかゼットがにこにこと笑っている。

（なんだか凄く恥ずかしい）

昨日の騒動のせいか、どうも調子がおかしい。

久しぶりに熱を出したし、呪いを受けていることもわかった。

そしてアイゼンがこの国から逃げてもいいとさえ考えてくれていたことも知れた。

（嬉しかったな）

思えばアイゼンは最初からプラティナを王女としては扱わなかった。

といってても聖女になってからは誰にも王女として扱われた記憶はないのだけれど。

アイゼンの立場を考えればもっと距離を置くことだってできたのに、ずっとプラティナの意志に寄り添ってくれた。

その優しさを昨夜は身をもって感じることができた気がする。

「……」

ちらりとアイゼンを盗み見れば、なにやらゼットと話し込んでいる。

真剣な表情をした凛々《りり》しい顔立ちに、鍛えられているのがわかる身体。なんだか少しだけ輝いて見えるのは気のせいだろうか。

「ぎゅう？」

アンバーが不思議そうに顔をのぞき込んできた。大きくなっても小さな時とかわらない琥珀色《こはくいろ》の瞳は宝石のように綺麗で、見ているとと吸い込まれそうだ。

「アンバー。私どうしちゃったのかな？」

「ぎゅうう～」

アイゼンをまっすぐ見ると心臓が痛いし顔が熱くなる。

もしかして呪いがまた動き出しているのだろうかと思ったが、呪いの核はじっとしたままぴくりともしていない。

理由のわからない動悸に首を捻りながら、プラティナはアンバーの艶《つや》やかな鱗に頬をくっつけたのだった。

「呪いに詳しい奴が見つかった」

昼食を終え、さてこれからどうすべきかという話し合いをはじめようとした矢先。

神妙な顔をして机に駆け寄ってきたゼットの言葉に、アイゼンとプラティナは顔色を変える。

アイゼンは椅子から半分腰を浮かせて身を乗り出した。

「いつ会える」

「早くて三日後だ。一週間ほど前にギルドで依頼を受けて遠征中らしい」

「三日後か……」

苛立ったように椅子に腰を落とすアイゼンが、気遣わしげな視線をプラティナに向けた。

その瞳に宿る労りの色に胸がきゅうっと鳴いた気がする。

油断すればそのまま見蕩れてしまいそうになる気持ちを振り切るように首を振ったプラティナは、

それならば、と表情を引き締めながら前を見た。

「アイゼン。セルティの孤島に行きましょう」

セルティの孤島。

このラナルトの港から船で半日の場所にある小さな無人島。その中心にあるという神殿が、二つ目の聖地だ。

「……本気か？　君は呪われてるんだぞ」

「昨日も言いましたが、呪いは動いていません。発動の鍵は王都の神殿にあると思うんです」

旅をはじめてから倒れたのは、そのほとんどの原因が疲労だったと今ならわかる。

神殿で祈りを捧げたあとに倒れたときは、もっと苦しかった。それは呪いによって力を根こそぎ奪われていたからだろう。

「だが、この先どんな影響があるかなどわからないんだぞ」

「だとしてもここでただ待ってるだけよりずっと有意義です」

呪いの正体がなんであれ、聖地を巡礼するという目的を変えるつもりはない。

「それに、谷の神殿で祈ったときのことを覚えてますか」

「……ああ」

「あの場所で祈ったとき、私の身体にあった力は一度根こそぎ吸い取られましたが、そのあとすぐに依《よ》り代《しろ》がそれ以上の力を与えてくれました」

「そう言っていたな」

「あの時から、どうも私の体に宿る力の質が変わったような気がするんです」

「……！」

アイゼンの目が大きく見開かれる。

カーラドの谷にあった神殿。その竜の像が貯蔵していた聖なる力をプラティナは祈ることによりその身に宿した。

「最初は気づきませんでした。でも、呪いのことがわかってから自分の力をよく調べてみたんですが、力が少し強くなってると思うんですよね。色々やっても疲れませんし」

「……君の力が規格外なのは前からだと思うが」

「そうなんですか？」

「自覚がないのがたちが悪い」

肩をすくめるアイゼンはどこかあきれたような表情になりつつも、話の先を促してくれた。

「呪いに気が付いたのが昨日なので正確なことはわからないんですが、この呪いはずいぶんと弱まっているように感じます。聖地で受け取った力が影響してるのではないでしょうか」

大地から自然と湧き出た力が身体に加わったことで、プラティナに癒着した呪いに何らかの影響が出てもおかしくはない。呪いとは本来はとても繊細なものなのだから。

「……聖地で祈りを捧げ続ければ、君の呪いも解けると？」

「解けるかはわかりませんが、少なくとも悪化するとは思えません」

「なるほど」

顎に手を当て考え込んでいたアイゼンが、机の傍から離れないゼットに顔を向けた。

「ゼット。セルティの孤島へはどう行けばいい」

「巡礼してるって話を聞いたときからいつか尋ねられると思って調べといたぜ」

にかっと歯を見せて笑うゼットは本当に頼もしい。

「セルティの孤島へは以前は定期船が出ていたが、今はなくなってる。巡礼者が減ったことで船頭がやめちまったらしい」

「どこも一緒だな」

「行くなら個人で船を出してる船長を雇うしかないが、孤島へ向かう海流はやっかいらしくてな。ベテランじゃないと難しいみたいだ」

「そうなんですね」

孤島まで行ける船を探すとなれば時間がかかるかもしれない。

それならば船を探しつつ、呪いに詳しいと言われる人物が帰ってくるのを待った方がいいのか。

どちらにしてもできることの少なさに、プラティナは手を握り締めた。

「だから、船も船長も探しておいた」

「へ？」

「は？」

ゼットの言葉にプラティナとアイゼンの声が重なる。

「あの竜が狩ってきた魔物が思いのほか高く売れたのは聞いているか？」

「ええ……」

「俺はいらんと言ったのに、この馬鹿が半額渡してきたんだ。腹が立ったんでその金で船と船長を雇った。お前たちの準備ができ次第、出港可能だぜ」

びしりと音がしそうな勢いで親指を立てるゼットに、アイゼンは短く唸り、プラティナは歓声を上げた。

「アイゼン、凄いですね！　ゼットさん、ありがとうございます！」

「いいってことよ。ついでに、孤島の聖地に詳しいって奴も見つけて同行するように話は付けてある。安心して行ってこい！」

太い腕を組んで微笑むゼットの姿に頬が緩む。

優しく頼もしい存在のありがたさを分かち合うために視線を向けた先では、アイゼンが何か言いたげに口を動かしているのが見えた。

その耳元がうっすら赤くなっているのがかわいくて、プラティナは小さく笑ったのだった。

＊　＊　＊

ゼットが手配してくれた船長は、長年この海で漁をしていたというベテランだった。

日に焼けた肌とたくましい体をした船長はどこか頑固そうな風貌をしていたが、必ず無事に連れて行くという言葉には安心感がある。

案内役の男性は焦げ茶色の髪をした痩せた男性。こちらは船長とは違い、ずいぶんと明るく饒舌《じょうぜつ》な人物のようだ。

巡礼者であるプラティナたちに興奮した様子で話しかけてくる。

「聖地に連れて行ってくださると聞いて、喜んで案内役を受けたんですよ！」

「孤島にお詳しいと聞きましたが」

「はい！　申し遅れましたが、僕はエリンコと申します。趣味で孤島にある聖地を研究している者です！」

「趣味で」

エリンコは自慢げに頷くと懐からヨレヨレの手帳を取り出した。

長年使い込まれたらしいページをめくりながらびっしりと書き込まれた紙面を見せてくる。

「僕は元々この国の人間ではないのです。シャンデには留学で来たのですが、うっかり邪龍伝説に取り付かれてしまいまして……」

うっとりと語りはじめたエリンコの視線はどこか遠くを見ていた。

一見すればちょっと怪しいその仕草に、アイゼンが警戒するかのようにプラティナの前に立つ。

「お喋りは現地で頼む。こっちは急いでるんだ」

放っておいたら延々と語っていそうなエリンコを追い立てるように乗せ、船は孤島に向け出航したのだった。

海上を滑るように進む船は揺れも少なく、運航は穏やかなものだった。

頬を撫でる湿気を帯びた潮風の匂いは独特なもので、何もかもが新鮮だ。

プラティナは胸を躍らせながら、太陽の光をキラキラと反射させる波をのぞき込もうとしてはアイゼンに引き戻されている。

そんな船上では予想通り、エリンコの熱弁が続いていた。

「この聖地という概念はまず他国にはありません。これがまず面白い」

「聖地ってどの国にもあるものではないんですか？」

「ないんですよ。呪物や聖遺物はありますが、そういったものを特定の場所に祀《まつ》って聖地扱いするという考えは特殊ですね」

「へぇ」

場所が変わればいろいろなことが違うのだな、とプラティナは感心しながらエリンコの話に耳を傾けていた。

「最も興味深いのは、なんと聖地に封印されているのは邪龍ではないという説があることです」

「邪龍じゃない？」

聞いたこともない話にプラティナはきょとんとする。

「この国で広まっている伝説では『害をもたらした邪龍を倒し、その核を聖地に封印し平和が訪れた』というのが主流です。でも中には、この国を守るために龍が封印されたという伝承もあるのです。僕が興味を引かれたのはこの相違でした」

目を輝かせるエリンコは身振り手振りを大きくしながら、興奮気味に手帳をめくった。

そこにはいくつものパターンの伝承が書かれている。

「僕、こういう伝説に目がなくて。調べたところ、やはり最初はこの国を守護していた龍がいたという話に辿り着くんですよね。で、国がとんでもない厄災に襲われたため、龍の力を借りてそれを鎮めた、という古い話を見つけました。いつのまにかそれが邪龍扱いになっていたと」

「なんでそんなことに？」

「国の厄災と龍の話が、混ざってしまったのかもしれないと僕は考えています。聖なるものをたたえるよりも、悪しき者を封印しているといった方が威厳もありますしね」

「はあ……？」

「まあそこは僕もはっきりとはわからないので仮説なんですが。もう一つ面白いのが、現在の女王陛下の統治になってからの聖地への扱いが変わったことです。以前は神殿の神官たちがこぞって行っていた巡礼が突如減り、数年前には誰も来なくなった。そのせいで聖地の扱いはどんどんおろそかになっています。なのに誰も危機感を覚えていない。あれは邪龍だから、祈りを捧げる必要なんてないとさえ思っている。そのせいで僕は、巡礼に立ち会えたことがないんです」

いつ息継ぎをしているのかわからないくらいの早口で喋るエリンコに、プラティナはなんとなく頷くだけで精一杯だった。

困り果ててアイゼンを見れば、少し離れたところで腕を組んで目を閉じている。

どうやらエリンコの話は聞く価値がないと判断したらしい。ずるいと思ったが、聞き始めてしまった以上、突き放すわけにもいかない。

「聖地には聖なる力が宿っていて、そこで祈ることで神官たちは強い力を得るといいます。それは祈りによって聖地に溜まる力をその身に宿すからです。でも本当に邪龍がその場に封印されているのならば、聖地の力を奪うのは御法度のはず。なんだかチグハグだと思いませんか？」

「そ、そうですね」

正直、エリンコの言っていることの半分も理解できない。

彼の中では何かしら答えがあるらしいが、まわりくどいうえに情報量が多くてかみ砕けないのだ。

「だから僕は巡礼の瞬間をこの目で見たいのです。いったいどんなことが行われているのか！」

「見てどうするんですか？」

「よくぞ聞いてくれました！」

「ひっ！」

エリンコが、息が掛かるほどに距離を詰めてきた。

その勢いにプラティナはのけぞる。

「僕はこの伝説を戯曲にしたいんです。邪龍にさせられた龍。面白いと思いませんか」

「そ、そうですね」

「いや〜！　ずっと巡礼に来る人を待っていたんです。やはり実物を見ないとインスピレーションが湧きませんからね！」

「はあ……」

なんだかよくわからない人だ。ただ何かしらの情熱があるのはわかった。

それに、たぶん悪い人ではない。だって、こんなに楽しそうに話をしているのだから。

「お嬢さん。今回は同行させてくれて本当にありがとうございます。最近は孤島に行きたがる船も減っていたんです」

「そうなんですか？」

「ええ。なんでも孤島に行く海流が酷く荒れることが多いらしくて、安値では依頼を受けてくれないんです。僕もお金があるわけじゃないので……とにかく、島での道案内は任せてください」

どんと胸を叩くエリンコの表情は少年のようだった。

少し不安ではあるが、今優先すべきは聖地に行くことだ。道を知っている存在は頼もしい。

プラティナは海の向こうに見え始めた小さな島を見つめ、きゅっと唇を噛んだ。

心配していたような荒波に巻き込まれることもなく、船は無事に孤島に着いた。あまりにスムーズに着いたものだから、船長もエリンコも驚いていたくらいだ。

そして、プラティナとアイゼンはエリンコの案内で島の中央にある聖堂へと向かっていた。

無人島というだけあって当然人気《ひとけ》はなく、白い砂浜の先にある森は手入れされていない自然そのものという状態。

エリンコの案内通りにアイゼンが道を切り開いてくれなければ、先に進めなかっただろう。

「カーラドの谷でも思いましたけど、聖地って本当に不便な場所にあるんですね」

草をかき分けながら歩く道行きの険しさに、プラティナは思わず呟く。

かつて巡礼者が訪れていたときはもう少し近づきやすかったのだろうが、だとしても中々に過酷な道中だ。

その呟きにエリンコが軽い笑い声を上げる。

「お嬢さんは聖地が聖地になった理由はご存じですか？」

「理由、ですか……？　邪龍を封印しているからではないんですか？」

「それも理由の一つですが重要なのはどうしてこの場所が選ばれたか、です」

言われてみれば確かにそうだ。邪龍を封印するのにどうしてこの場所が選ばれたのか。

伝え聞く伝説では倒された邪龍の核が落ちた場所だと聞いているが、違うのだろうか。

「船でも話しましたが、聖地とは自然に力が集まり溜まる場所です。そういう場所は普通の人間には負荷が強すぎるのではないかと僕は考えているんです」

「負荷、ですか」

「真夏の日差しを浴び続けると気分が悪くなるでしょう？　それと一緒です。おそらく、お嬢さんのように巡礼者になれるだけの力を持っているような人でないと手つかずの聖地には住めなかったんじゃないでしょうか」

「でもカーラドの谷では普通の人も聖地に立ち入っていましたよ」

詐欺師たちは罰当たりにも聖堂で悪事を働いていた。

もし聖地にそんな作用があるなら、彼らは無事では済まなかったはずだ。

「ああ、それは……ほら、見えてきました！」

「わあ！」

何かを言いかけたエリンコが、前を指さす。

まるでそこだけが別世界のように光が射し込む広場が見える。

その中央に白い石柱が等間隔に立ち並び、綺麗な円を作っていた。中心には同じく白い台座があり、その上には見覚えのある像が鎮座していた。

「ここのは……黒いんですね」

それはカーラドの谷にあった龍の像と殆ど同じだが、色が異なる。艶やかな黒い姿は、どこかアイゼンに似ている気がした。

「この島で採れる黒曜石を使って作ったようです。魔法で維持しているので、簡単には崩れませんよ」

「綺麗ですね」

「先ほどの質問ですが、聖地に普通の人間がいられるようになったのはこの依り代が作られたからだと考えられます。大地から湧いてくる力を依り代が吸収してくれているんです。直射日光を避けるための日傘のような存在ですね。この依り代がなければ、この島どころか、付近の海にも何らかの影響がでるのかもしれません。聖地は正《まさ》しく人々を守る場所なんですよ」

「……なるほど」

エリンコが語る言葉をはじめて理解することができた。

聖地が聖地になったのは、この依り代があるから。

その前は、この場所は人が立ち入れる場所ではなかったのだろう。

邪龍の封印以外にも、聖地には聖地たる理由があったのだ。

(アンバーにはじめて会った場所も、力がないとそもそも立ち入れなかったってアイゼンも言っていたものね)

傷ついたアンバーの苦しみとその血が呪いにまで変化したのは、水源に宿る力が原因だった。

たしかに普通の人間には持て余すものに違いない。あそこも、放置しておけばこの先に同じようなことがあるかもしれない。

もし国に戻る機会があれば依り代を置くべきなのかもしれないと考えながら、プラティナはエリンコに尊敬の眼差しを向けた。

「依り代って凄いんですね」

「そうなんです！　いや～格好いいですよね。このフォルム！　とても神々しい！」

興奮した様子で依り代の周りをぐるぐるとまわるエリンコの姿に、気持ちが和む。

不意に視界に影が差した。顔を上げれば、遅れて空を飛んできたアンバーがゆっくりと滑空してプラティナの横に着地した。

ここまで飛んでくるのは疲れたとでも言うように羽根を動かしながらきゅうきゅうと鳴いている。

「ど、どらごんっ!?」

裏返った声でエリンコが叫ぶ。

「ふふ。この子は大丈夫ですよ。アンバー、挨拶して」

「ぎゅう～～」

「驚いた……お嬢さんの従魔なんですか？」

「はい。最初は小さかったんですが、どんどん大きくなって」

「はあ……」

唖然《あぜん》とした顔でアンバーを見上げるエリンコの表情はちょっと間抜けだ。

アンバーはエリンコの顔が面白いのか、琥珀色の瞳をキラキラさせながら見つめ返している。

「おい。さっさと済ませよう」

「はい！　って……」

石柱の周りを調べていたアイゼンが経文を手に呼びかけてきた。

いつのまにか依り代前の草が綺麗に刈られていて、祈るための場所に布まで敷かれている。

過保護すぎるんじゃないかと恥ずかしくなってアイゼンを見れば、本人は平然とした様子だ。自分のやったことに何の違和感も覚えていないらしい。

「ほら」

差し出される手にはためらいがない。

それが当たり前だと言わんばかりの態度がくすぐったくて、プラティナは目をそらしながらその手に自分の手を重ねる。

聖句の書かれた経文を像の前に広げ、布の上に膝をついて両手を組み合わせた。

少し後方ではアイゼンとエリンコ、そしてアンバーが並んでプラティナを見守ってくれている。

(大丈夫)

「どうか、神よ――――」

祈りを込めながら、唄うように聖句を読み上げる。

聖句には何か力が込められているのか書かれている文字を読まなくても、見つめているだけで頭に祝詞《のりと》が流れ込んでくるようだった。

これまではただ流れに任せて使っていた聖なる力。プラティナはその動きにわずかに意識を向けた。

（……やっぱり）

大地に力が吸い込まれていくのがわかる。ゆっくりと優しく引きずられていくような感覚。

そしてその奥で、小さな呪いの核がもどかしそうに震えているのがわかった。

こちらにもよこせ。そんなおぞましい声が聞こえた気がする。

だが、呪いの核はまるで堅牢な檻《おり》に閉じ込められた獣のように暴れるだけで何もできてはいない。

（やっぱり。ここでの祈りでは呪いは発動しないんだわ）

見つかった答えの一つを噛みしめながら、プラティナは再び祈りに集中する。

土地に溢れる聖なる力。それを押さえ込む依り代の偉大さ。それら全てに感謝しながら、この国の平和を祈る。

「……あ」

祈りと共に身体の力がすっかりと奪われた。

かろうじて意識は失わなかったが、身体がぐらりと揺れて布の敷かれた地面へと落ちていく。

ぶつかる衝撃に備えて目を閉じた瞬間、誰かの腕が身体を抱き留めてくれた。

触れた腕のたくましさや体温に、目を開けなくてもそれが誰かがすぐわかる。

（アイゼン）

嬉しいのに逃げ出したい。恥ずかしいけどこのままでいたい。

そんな気持ちを抱えながら、プラティナはゆっくりと目を開けた。

＊＊＊

抱き留めた身体の柔らかさに、身が軋《きし》んだ。

これまで何度も抱き上げてきたくせに、今更になってプラティナがどんな存在か思い知らされた気分だ。

守りたいし、離したくない。それがどんな意味を持つ気持ちなのか、嫌というほどわからせられる。

でも認めるわけにはいかない。プラティナは王女なのだから。

その身に呪いまで抱えていることがわかったというのに、プラティナは迷うこともなく国に戻ると口にした。

何もできずに再び神殿に囚われるかもしれないけれど、王族として生きると。

その気高さと健気さに打ちのめされるのと同時に、激しい怒りがこみ上げる。

どうしてそんなに自分をないがしろにできるのだと。

「大丈夫か」

月並みな言葉しか掛けられない自分の不甲斐なさに眉根を寄せながら、アイゼンはプラティナの身体を支えてその場に座らせる。

血の気をなくして真っ白になった手が、必死に腕を掴んでいるのが痛々しい。

「大丈夫です、きっともうすぐ……あ」

きらきらとプラティナの周りを淡い光が包んでいく。

同時に黒い龍の像が淡く光る。きっと溜め込んでいた力をプラティナに注いでいるのだろう。

旅をはじめてから少しだけふっくらとした頬がわずかに赤く染まり、綺麗なヘーゼル色の瞳が輝く。乾いていた小さな唇が艶めくと同時に、優しい笑みを描いたのが見えた。

(綺麗だ)

体中に聖なる力を浴びて微笑むプラティナは本当に綺麗だった。

間違いなく高貴で尊く奇跡のような存在だというのがわかる。

(俺とは住む世界が違う)

巡礼が終わり、呪いが解ければきっとプラティナはアイゼンの手が届かないところに戻ってしまうのだろう。

不思議とそれが悔しいとか悲しいとは思えなかった。それが当然だとすんなり理解できた。

自分のような日陰の身はプラティナの横には立てない。

そのかわり、プラティナが正しく扱われるその日が来るまでは必ず守る。他の誰にもこの権利を譲りはしない。

秘めた願いを込めながら、アイゼンは光り輝くプラティナに笑いかけたのだった。

＊　＊　＊

（アイゼンが、笑った……！）

プラティナは真正面で見てしまったアイゼンの笑顔に激しく狼狽えた。身体に満ちていく聖なる力どころではない。

それはとても綺麗な笑顔だった。慈愛に満ちた、本当に優しい顔。

ゼットに再会してからというもの、笑った顔や優しい表情は何度も見せてもらったが、こんなにはっきりとした笑顔ははじめてだ。

ただでさえ祈りの負荷で速まっていた脈拍が大きくなって耳の中でこだまする。

「アイゼン、あの……」

「ん？」

（声まで優しい……！）

どうしたことだろうか。自分が光っているのはわかるが、アイゼンまで間違いなく光っている。

身体を支えてくれている腕に捕まったまま、身動きが取れない。

何か言わなければとプラティナが必死に頭を働かせようともがいていると、後ろで何かが倒れた音が聞こえた。

「え？」

振り返れば、エリンコが地面に座り込んでいた。

その視線は彼の真横に向けられていた。正確には、真横の少し上。真っ青になってあわあわと顎を震わせるその顔に滲むのは、驚愕と恐怖。

一体何ごとだとエリンコの視線を辿れば、そこにはありえないものがいた。

「……!!」

プラティナが動揺すると同時にアイゼンが立ち上がり身構えた。

それとプラティナの間に立ちはだかり、躊躇《ためら》いながらも腰の剣に手を添えている。

頼もしい背中に状況を忘れて一瞬見蕩れかけるが、プラティナは首を振って急いで自分も立ち上がり、しっかりと状況を把握した。

「なんで、龍が」

エリンコの横には、一体の龍がいた。

先ほどまで祈りを込めていた依り代の像と同じ龍がいた。

いや、造形は同じだがサイズが違う。大人が二人は余裕で乗れるほどに巨大な龍。

真っ黒な鱗に覆われた凜々しい顔立ちは恐ろしく凶悪で、わずかに開いた口から見えるキバは鋭く、大きな手には鋭い鉤爪《かぎつめ》が光っている。琥珀色の瞳がらんらんと輝いていた。

「…………え」

プラティナを見る琥珀色の瞳。その輝きには見覚えがあった。

「アンバー？」

呼びかけに龍が目を細め、くるるっと愛しそうに喉を鳴らす。羽を広げ甘えるように身体を揺する姿に、小さなトカゲが重なった。

「あなた、アンバーなの？」

信じられずもう一度呼べば、龍が少し不満そうに羽をばたつかせた。

龍にしてみれば軽いじゃれつきくらいのつもりなのだろうが、それは大きな風となってプラティナの髪をなびかせる。

カーラドの谷で祈ったとき、アンバーが急に成長したことを思い出す。

（もしかしてあの時も私が依り代に祈ったから成長したの？）

大地に宿る力がアンバーに何か影響を与えたのだとしたら。

震えながら手を伸ばせば、龍が嬉しそうに頭を下げてプラティナに顔を寄せてくる。

アイゼンは驚きながらもそれを止めようとはしない。きっとアイゼンもわかったのだろう。

「アンバー」

『僕、大きくなったよ！』

「！」

突然聞こえた声に、プラティナは瞳がこぼれ落ちそうなほど目を見開いた。

「アイゼン、今誰が喋ったんですか」

「……聞き間違いでなければ、コイツだろうが」

プラティナとアイゼンは並んで目の前の黒い龍を見上げる。

その巨体や風貌は一見すれば恐ろしいのに、よくよくみれば琥珀色の瞳には隠しきれない愛嬌が滲んでいた。

身体を揺すりながら羽を広げ、しっぽをゆらす独特の動き。それは小さなアンバーがプラティナに甘えるためにしていた仕草そのもので。

「本当に、アンバーなの」

『そうだよ！』

「！」

再び聞こえた声にプラティナは息を呑みながら、伸ばした手で龍の鱗に触れた。つるりと滑らかな鱗は少し硬くてひんやりしている。だが触れた瞬間にわかった。これはアンバーだ。

「なにがどうして……」

「きゅ、急に」

「え？」

足元で聞こえた声に視線を落とせば、まだ地面に座り込んだままのエリンコがぶるぶると身体を震わせながらアンバーを指さしている。

「お嬢さんが祈りを捧げ始めたら、この子が急に光ってでかくなったんですよ!!」

「祈りに……」

やっぱり、とどこか納得した気持ちになりながらプラティナは大きくなったアンバーを見上げる。最初に成長したときも、あれは偶然ではなく聖地での祈禱《きとう》に反応したのだろう。でも何故。アンバーはただの魔物の筈《はず》なのに。聖地の力が魔物に影響するなどありえるのだろうか。

尽きぬ疑問で頭の中がいっぱいになる。

『僕が大きくなったの、困ってる？』

「え？」

『困った顔してる』

「あらら……」

不安そうなアンバーの声が聞こえて顔を上げれば、大きな龍の瞳がうるうると揺れていた。大きくなったのは身体だけのようで、中身はあの甘えんぼうのアンバーのままなのだ。そう思ったらプラティナの心に愛しさと庇護欲がこみ上げてくる。

大きくなってしまったアンバーの顔を、プラティナは両手でぎゅうっと抱きしめた。

「ちがうの。あんまり大きくなったからびっくりして」

『嫌じゃない？』

「うん嫌じゃないわ」

たとえ見た目が変わってもアンバーはアンバーだ。

出会ったときからずっと傍にいてくれて、プラティナを助けてくれた可愛く愛しい存在。

だがそこではたと気がつく。

しがみついていた腕を解《ほど》いて、プラティナはアンバーの瞳をのぞき込んだ。

「でも困ったわ。こんなに大きかったら、この先一緒に旅ができるかしら？」

最初のサイズなら問題なく連れ歩けた。さっきまでの大きさは、泊まる宿さえあればなんとかなった。だがこの巨体ともなれば、人前に姿を見せるのは難しいだろう。さっきのエリンコの態度が全てを物語っている。

「アイゼン。どうしましょう」

「気にするところはそこじゃないだろう！」

手で顔を覆っていたアイゼンが、盛大なため息をついた。

プラティナとアンバーを見る表情には呆れと疲れが滲んでいる。

「まずはそのチビが喋れることに疑問を持て。おいチビ、なんでお前は喋れるんだ」

『チビっていうな！　僕はアンバーだ！　プラティナが付けてくれた大事な名前なんだぞ!!』

「クソガキはチビで十分だろうが」

『うう〜〜〜！』

ぐるぐると威嚇《いかく》するように喉を鳴らすアンバーにエリンコがひぃぃ！　と悲鳴を上げるが、アイゼンは平然と腰に手を当ててフンと鼻を鳴らした。

「見た目はデカくなっても中身は変わらずか。質問に答えろチビ」

『アンバーだ！　名前で呼ばなきゃ教えてやらない』

「なんだと」

にらみ合う二人の間に剣呑《けんのん》な空気が流れる。

とうとうエリンコが奇妙な声を上げながら気絶してしまった。

「もう！　アンバーもアイゼンもいいかげんにしなさい！」

我慢できずにプラティナが声を上げる。

にらみ合う間に入ると、仁王立ちしてそれぞれの顔をじっと見つめた。

「アイゼン。質問するにしても言い方があるでしょう。アンバーも、どうしてそんなことを言うの？」

「う……」

「ギュウ……」

同時に項垂《うなだ》れたアイゼンとアンバーを交互に見て、これ以上争う様子がないことを確かめてから深く息を吐く。

兄弟喧嘩とは無縁の人生だったが、もし兄と弟がいたらこんな風だったのかなと考えてしまう。

「……アンバー。私も知りたいわ。どうしてあなた喋れるの？」

とにかく先に解決するべきはこちらだとアンバーに身体を向け、しょんぼりと下がっている鼻先に触れた。

優しく撫でてやれば、琥珀色の瞳が窺うように見つめてくる。

『僕、ずっと喋ってたんだよ。プラティナ〜って』

「ずっと？　会ったときから？」

『そう。プラティナが怪我をした僕を助けてくれた日からずっと』

「……聞こえなかったわ」

『僕の力が弱かったからだと思う。でもプラティナが歌ってくれるたびに僕の力が強くなった。ようやく言葉を伝えられるようになったんだよ！』

「歌？」

『さっき歌ってくれた、きれいな歌』

うっとりと目を細めるアンバーの仕草に、プラティナは歌とは聖句のことだと理解した。アンバーの耳にはあれが歌に聞こえたのだろう。祈りではなく、聖句がアンバーに何かしらの影響を与えたと考えるのが自然のように思えた。

不意に『聖句』とは何なのだろうとプラティナは疑問を抱く。

渡された紙に書かれていた祝詞は少し古い言葉が多かったが、神殿でも目にしたことがあるものだったように思う。

聖地の巡礼用だと何も考えずに唱えていたが、もしかしたらただの祈りの文言《もんごん》ではないのかもしれない。

（でも、それだけでこんな影響が出るものなの？）

尽きぬ疑問に戸惑っていれば、アンバーが甘えるように短く鳴いた。

『やっと、ちゃんとありがとうって言える。プラティナ、僕を助けてくれてありがとう』

「アンバー……」

『僕、ずっと一人だったんだ。人間は僕を見ると捕まえようとしたり攻撃するからずっと逃げてた。でもプラティナは優しくしてくれた。僕、プラティナ大好き』

大きな鼻先で頬ずりされ、くすぐったい。

好き、好き、大好き、とまるで小さな子どもが母親に甘えるように繰り返され、だんだん恥ずかしくなってきた。

それほどまでに慕ってくれていたなんて。

「私もアンバーが大好きよ」

大きな顔を包み込むように抱きしめれば、アンバーはくるくると嬉しそうに喉を鳴らす。

可愛くて愛しいアンバー。守ってあげたいと思っていたのに、今は守るどころじゃないけれど。

「でも、本当に大きくなったわねぇ」

『うん！　僕かっこいい？　強そう？　アイゼンより頼りになる？』

「えっと……」

なんと答えるべきか一瞬迷う。ちらりとアイゼンに視線を向ければ、腕組みをして明らかに不機嫌な顔をしているのが見えた。

「すっごく強そうよ」

『わーい！』

「でも、こんなに大きかったらもう一緒に旅はできないかも……」

『えええ！』

先ほども感じた不安を口にすれば、アンバーが悲鳴を上げた。いやいやとその場で足踏みされると、地面が揺れて転びそうになる。

「アンバー！　おちついて！」

『やだ！　僕ずっとプラティナといるんだい！』

まさに癇癪《かんしゃく》を起こした子どもだ。どうなだめればいいのかとプラティナは頭をかかえる。

プラティナとてアンバーと離れたくはない。だがこの大きさではどうすることもできないのが事実で。

「アンバーが、小さく変身でもできればいいんだけれど」

不可能とはわかっていても、つい口から希望が出てしまっていた。

その瞬間、暴れていたアンバーがぴたりと動きを止める。

『……僕、やる』

「え？」

『変身する！』

「ええっ!?」

居住まいを正したアンバーは、羽根を小さく折りたたみ頭を下げて身体を丸めた。

そんなことで変身ができるのかとプラティナが見守っていると、アンバーの身体が淡く光り出して、巨体が見る間に小さくなっていく。

シュルシュルと音を立てて縮み続けた巨大な龍は、いつしかプラティナよりも小柄な身体になっていた。

「……うそ」

ありえない光景に、思わず呟きがこぼれる。

アイゼンが背後で息を呑んだ音が聞こえた。

「やった！　僕、小さくなったよ！」

「そう、だね」

「僕どう？　格好いい？」

くりくりとした琥珀色の瞳はそのままに、ふっくらとしたバラ色の頬をした愛らしい顔立ち。さらさらと風に揺れる鉛色の髪。身にまとうのはプラティナが着ているものとよく似た深い藍色《あいいろ》の服。

どこからどう見ても人間の子どもがそこにいた。

「かっこいいっていうか……可愛い、かな」

「えー！」

頬を思い切り膨らませ、一人前に腕を組む仕草はどこかアイゼンに似ている気がするのは気のせいだろうか。

思い切ってアイゼンを振り返れば、まったく同じポーズをしていた。

ただし表情は異なる。目をまん丸に見開いて、口の形を「あ」で固めている。

ああ、アイゼンも驚けばあんな顔をするのだなと思いながら、プラティナは目の前で続けざまに起きた奇跡について神に祈りを捧げたくなった。

「おかしいなぁ？　アイゼンみたいな大人になるつもりだったのに」

アンバーは子どもの身体がお気に召さない様子だ。

だが言葉遣いやその表情はとてもしっくりくるので違和感はない。

「中身がガキだからだろうが」

「なんだとぉ！　アイゼンの意地悪。いーだ！」

「そういうところがガキなんだ」

「も〜〜！　二人ともやめなさい！」

油断すれば喧嘩を始める二人をなだめ、プラティナは深いため息を零《こぼ》した。

人になったアンバーにどうしてそんなことができるのかと聞いてみたが、本人も何故できたのかよくわからないようだった。

変身したいと強く願ったとき、最初は小さな龍になるつもりだったそうなのだが、どうせならプラティナたちと旅のしやすい人型がいいと思い浮かべたらしい。

まさかそれが本当に具現化するなど、アンバーも想像もしていなかったのだろう。

本人がわからないことはプラティナたちにわかるわけもない。

仕方が無いので、とりあえずアンバーの身の上について色々と質問してみるが、プラティナたちとあの森で出会う前の記憶はおぼろげだという。

一人で生きていたことは間違いないが、いつからあの森にいたのかは覚えていない。親や仲間についても同様だ。

気がついたときには柄の悪い冒険者に傷を負わされ、水源に逃げ込んでいたらしい。

「いつも誰かに追いかけられていたような気がする。だから人間なんて嫌いだって思ってあそこで休んでたんだ」

「そうだったのね……」

人を嫌ったアンバーの心が、あの水源で呪いを生んだのだろう。

当時のことを思い出したのか、しょんぼりと肩を落とすアンバーの背中を優しく撫でてやる。

「プラティナが助けてくれなかったら、僕はきっと悪い龍になってた気がする。人間が大嫌いのままだった」

「今は？」

「好きだよ！　プラティナが一番好きだけど、みんなも好き！　美味しいご飯もいっぱいくれるし！」

屈託のない笑みを浮かべるアンバーに、つられて頬が緩む。

あの日、出会えた奇跡にもう一度感謝したくなる。

「ねえプラティナ。この格好ならずっと一緒にいられる？」

「え？　ええ、そうね。大丈夫だと思うわ」

今のアンバーは完璧に普通の子どもだ。この状態ならば連れ歩いても問題ないだろう。

「やった！　僕がずっと守ってあげるからね！」

「ありがとう」

姿形は違っても中身はそのまま。

変わらず慕ってくれる愛しさに、プラティナは頬をほころばせる。

だがアイゼンは驚きを通り越して呆れ顔だ。

「まったく。お前は一体何なんだよ」

「僕は僕だよ」

「人間に変身できるのって、凄いことなんですよね？」

「凄いどころじゃない。伝説レベルだ。魔力の多い高位の魔物には姿形を変えられるものがいると は聞いたことがあるが、ここまで完璧なんて話は聞いたことがない」

「そんなに……」

「おいチビ。絶対に人前で変身を解くなよ。騒ぎになるどころじゃすまない」

「え～」

「そこでぶっ倒れている男を見ろ」

アイゼンが指さした方向には気を失っているエリンコがいた。大の字になってまだ気を失ってい る。

正直、今の今まで存在を忘れていた。

「た、大変……！」

「放っておけ。今起きたら逆に面倒だ。コイツのことをどう説明する？」

「あー……」

突然巨大な龍があらわれて人になった。駄目だ、信じて貰える気がしない。

しばらく考えたプラティナだったが、素直にアイゼンの言葉に従うことにする。

「で、呪いはどうだ」

「あ」

「……もしかして忘れてたのか」

「はい」

空を仰いだアイゼンが低い声で唸る。これは怒られても仕方が無いかと首をすくめていれば、アンバーがひしとしがみついてきた。

「プラティナの中にある赤いの、まだ残ってる」

「見えるの!?」

「うん。最初からずっといたよ。すっごく嫌なかんじ。でもずっと小さくなってる」

魔物であるアンバーにはプラティナたちには見えない何かが見えているのだろう。

じっとお腹のあたりを凝視され、少し落ち着かない。

「どんどんちっちゃくなってるから、もう一回あれを歌ったら消えちゃうかも」

「ほんと？」

「自信は無いけど……」

正確なことはわからないのだろう。アンバーは戸惑うように視線を泳がせながら必死で何かを考えている。

「歌ってのは、あの祈りの文言か」

「ええ。聖句のことですね。国を出るときに持たされた経文です」

アンバーの成長のこともあるし、一度調べようとは思っていたのだ。

依り代である龍の像に近づき、広げられていた経文を拾い上げる。

「あれ……？」

「どうした」

「いえ……なんだか少し文字が変わっているような？」

僅《わず》かな違和感に、プラティナは目を細めた。

最初に広げたときはもっと沢山の文字が書かれていたような気がするのに、いま経文に書かれている内容は当たり障りのない祝詞ばかりだ。

どんなことを口にしたのか思い出そうとするがどうもはっきりしない。

「アイゼン。他の経文も見せて貰えますか」

「ああ」

アイゼンは荷物からもう一つの経文を取り出す。

カーラドの谷で読んだものはあの場に置いてきたので確かめようがないが、まだ読んでいない経文が一つあったのが救いだ。

だが、手渡された経文を開こうとしても何故かびくともしない。見た目はただの紙なのに、まるで鉄でできたようにぴったりと張りついて開く気配がなかった。

「それ、たぶん封印されてるよ。さっき読んでたやつもここに来るまでは同じように封印されてた」

「！」

さらりととんでもないことを告げたアンバーを、プラティナとアイゼンは同時に見た。

「なんでそんな大事なことを言わない！」

「だって僕さっきまで話せなかったもん！　変わった封印だなって思ってたけど……」

「まったく……おい。巡礼ってのは全部こうなのか」

途方に暮れたようなアイゼンの声にプラティナは力なく首を振る。

そもそも、正しい巡礼自体プラティナは知らないのだ。

言われるがままに聖地の巡礼に来たが、実はとんでもないことに巻き込まれているのではないのか、という思いがこみ上げてくる。

死にかけたプラティナを体《てい》よく追い出すために指示された聖地巡礼。だが蓋を開けてみれば不思議なことばかりだ。

王都を離れた途端に健康になった身体。身体にかけられていた呪い。聖地で祈る度に得られる力と、聖句の封印。

急に怖くなった。

足元が崩れていくような不安に飲み込まれそうになる。

そんなプラティナの目の前にアイゼンが膝を突いた。

のぞき込むように見つめてくる表情は真剣で、頬がじわりと熱を持つ。

「プラティナ、俺は、君が望むようにする」

アイゼンの言葉に迷いはなかった。

これまでだってずっと、アイゼンはプラティナの望みを叶《かな》えるために力を貸してくれた。

でも今更連れて逃げてなんて言えないのもわかっている。

あの日、逃げようと言ってくれたのを断ったのだから。

「……アイゼン。私、聖地巡礼を続けます」

「ああ」

「そして私の呪いと、この聖句について調べたいです」

「そうか」

「王都に戻って、一体何が起こっているのかちゃんと知りたい」

王女として、聖女としてこの国を守りたい。

死にかけていた自分がここまで来ることができたのだ。

もうできないことなんて何もない。

「わかった」

「僕も一緒に行く。ずっとプラティナを守るからね！」

力強く頷くアイゼンと、ぎゅっと抱きついてくれるアンバーのぬくもりに、鼻の奥がツンと痛む。

彼らがいるならきっと何も怖くない。そう信じられるのが嬉しかった。

命すら諦めていた自分が手に入れた目標。

それを確かめるように開けない経文を抱きしめる。

もう何度目になるかわからない感謝を口にしながら、プラティナはしっかりと前を向いたのだった。

「ありがとう」

エリンコが目覚める前にと、アイゼンたちと協力して聖地の周りをよく調べたものの目立った成果はなかった。

ただアンバー曰く、この土地の奥にはとても強い何かが眠っているという。場所は丁度、依り代の真下だ。

「すごく大きいよ」

「邪龍の核、なのかしら」

「うーん……僕はあんまり怖いとは思わないんだけど」

依り代を見つめるアンバーの瞳はどこか優しい。

小さな子どもにしか見えないせいもあって、思わず抱きしめてしまいたくなるかわいさがある。

「お前が竜種だからなのかもな。竜は同族意識が強い生き物だ」

「じゃあ、アンバーの姿がこの依り代に似てるのもそのせいでしょうか」

「かもしれん」

何もかもが曖昧ではあったが、聖地に眠る邪龍に捧げる聖句が竜種の魔物であるアンバーに影響したと考えるのは自然なことだった。

巻き込んでしまった申し訳なさはあるが、当のアンバーは一切気にしていないのが救いだ。むしろ人の姿になるまでの力を持てたことを喜んでいる節さえある。

これ以上調べることはないと判断したので、この聖地ですべきことはもう終わりだ。

カーラドの谷の時と同じように聖句を依り代の前にある箱に納める。

「チビ。お前はこの島に残れ。夜になったら海を渡ってゼットの店に来い」

「えー！　僕も船に乗りたい！　プラティナの傍にいる！」

「ガキを急に連れ帰ったら不審に思われるだろうが！　それとも、前みたいにチビに戻れるのか？」

「う……やってみないとわかんないけど……」

アイゼンの言葉にアンバーは口ごもる。

「お前は身体が成長したばかりだ。どんな不具合が起きるかわからん。俺たちが先に戻ってゼットには話をつけておくから、とにかく人目に付かないようにして戻ってこい」

「……わかったよぅ」

「ご飯用意して待ってるからね」

「うん。絶対だよ」

瞳いっぱいに涙をため、渋々頷くアンバーの頭を優しく撫でてやる。

そうこうしていると、エリンコが短く呻《うめ》いて身体を動かし始めた。

どうやら意識を取り戻したらしい。

アイゼンが視線で合図し、アンバーは森の中に走って行く。

一瞬不安そうにこちらを見た琥珀色の瞳に、待っているからねと口を動かせば、安心したような笑顔がプラティナに向けられた。

そしてタイミングよくエリンコが間抜けな声を上げながら目を開けた。

「……あれ、巨大な黒い龍、は……？」

のろのろと起き上がったエリンコは不思議そうに周囲を見回している。

「龍？　なんのことです？　私の従魔でしたら、もう飛んでいきましたけど」

「えっ！　でも僕、間違いなくこの目で……」

「幻覚でも見たんじゃないのか」

「そんな馬鹿な」

納得していないのかエリンコは周囲を見回したり地面を調べたりしている。

だがどう頑張っても龍の痕跡はみつからなかったらしく、がっくりと肩を落とした。

「せっかくの巡礼者の祈りもよく見えなかったし、残念です」

「見えなかったんですか？　ずっと後ろにいたのかと」

「お嬢さんが歌を歌いはじめたとき周囲が光ったんですよ。だからはっきりとは見えなくて……それにあまりに綺麗な歌だったから、聞き惚れてしまって」

恥ずかしそうに頭をかきながらエリンコは情けないと呟く。

何が何だかわからないうちに終わったことしか覚えておらず、アンバーの変化についても驚きすぎていたこともあり幻覚を見たのでは？　というアイゼンの言葉を完全に信じたようだ。

少し申し訳なかったが、事実を教えるわけにもいかないので黙っておくことにした。

「巡礼では祈るだけだと聞いていたんですが、歌を歌われるとは驚きでした」

「歌、というか聖句ですね。祈りの言葉です」

「へえ！　そんなものがあるんですか！」

「ご存じなかったのですか？」

「はい。僕が取材したかつての巡礼者や同行したことがある人の話では、ただ依り代の前で祈るだけだったと聞いていますよ」

プラティナとアイゼンは顔を見合わせる。

やはり本当の巡礼とは何もかもが違うようだ。

「でもいいものが見られました。興奮しすぎて龍の幻覚まで見ちゃうくらいには刺激的でした」

「あはは……」

それは本物ですとは言えず、プラティナは笑って誤魔化す。

じっと依り代を見つめるエリンコの瞳は楽しそうだ。

「これはいい戯曲が書けそうです」

「何か思いつきましたか？」

「はい！　聖女様とそれを守る龍の話にしようと思うんです。龍は、聖女様を守るために自分を犠牲にして封印される……ドラマティックだと思いませんか」

きらきらと瞳を輝かせるエリンコは、手帳を取り出すとガリガリと何かを書き殴り始めた。

最初はどうなることかと思ったが、エリンコの興味は真実よりも空想の世界にあるらしくこれ以上嘘を言う必要はなさそうだ。

ほっとしながらアイゼンを見れば、先ほどアンバーが走っていった方向をじっと見ていた。

なんだかんだとアンバーが心配なのだろう。

「無事に落ち合えますよ」

「……そうだな」

こうして、無事に二つ目の聖地巡礼を終えることができた。


船長の操る帰りの航路も穏やかなもので、何の問題もなく船は港に戻った。

すでに空は茜色《あかねいろ》に染まっており、港にいる人たちも帰るためにかどこか急ぎ足だ。

エリンコと船長に別れを告げ、二人でゼットの店へと戻る。

「なんだかすごいことになりましたね」

「そうだな」

薄暗くなった通りを、ゆっくりと並んで歩きながらぽつりと零した言葉に答えるアイゼンの声は穏やかだ。

とんでもない騒動に巻き込んでしまったというのに、怒ることも慌てることもない。

その強さが本当に頼もしい。

考えることや調べなければならないことはたくさんある。

今日の出来事をきちんと理解するために。

「お腹すきました」

「……また腹を壊すぞ」

「気をつけますって！」

何でもない会話がひどく楽しくて、幸せで。

早くゼットに会いたいのに、もう少しだけ二人で歩いていたいとさえ思えた。

だが、あと少しでゼットの店に着くというタイミングで、なにやらやけに騒がしい気配を感じ二人は足を止めた。

「なんでしょうか」

「俺が様子を見るから、君は後ろに」

アイゼンの背中に庇《かば》われるようにしながらゆっくり歩みを進めれば、店先で大柄な男たちとにらみ合うゼットの姿が見えた。

あたりはすでに夕闇に包まれていたが、開いた扉から漏れ出る店の照明が彼らの姿をぽっかりと浮かび上がらせている。

ゼットは腕組みをしてとても怖い顔をしていた。向かい合う男たちはこちらに背を向けているのでどんな顔をしているのかはわからない。

その少し後ろに、ひょろりとした背の高い人物が立っているのが見えた。

やけに目立つ赤いマントを羽織ったその立ち姿から、それが男性だとわかる。

（あれ……？）

じんわりとこみあげた既視感にプラティナは目を見開く。

心臓が嫌な音を立てた。

足音を殺しながら距離を詰めていけば、彼らの話し声が聞こえてきた。

「何度も言わせるな。断ると言っている」

「強情だな。金は払うと言っている」

「ダメなものはダメだ」

どうやら何らかの取引を持ち掛けているらしい。

ゼットの態度には取り付く島もない。

すると赤マントを羽織っていた男性が焦《じ》れたようにゼットの方へと駆け寄った。

「店主、頼むよ。私たちを助けると思って教えてくれ」

店の明かりに照らされて一瞬だけ見えた横顔。聞き覚えのある甘えるような声音。ぞわりと背中の毛が逆立つ。

思わず、アイゼンの陰に隠れその服にぎゅっとしがみついた。

「プラティナ?」

戸惑うアイゼンの声に返事もできない。

そんなわけはない。どうしてここに。ありえない現実を認めたくない身体が震えていた。

「教えてくれ店主。この店に白銀の髪をした若い娘が泊まっているだろう? 私はどうしても彼女に会いたいんだよ」

「……!!」

アイゼンの身体がびくりと揺れたのが伝わってくる。

大きな手がプラティナを守るように背後に回された。このまま広い背中に隠れていれば大丈夫。そう思えるほどに頼もしいぬくもり。

だが。

「……ん……?」

何故かその男はゼットからこちらへと視線を向けた。

その手には何かが握られているようだったが、離れているためよく見えない。

「プラティナ様！」

「!!」

薄暗くなった周囲の視界は悪いはずなのに、確信を持って叫ばれた声に身体がこわばった。

近づいてくる足音。まるでそれを待っていたかのように広場のライトが灯り、周囲が明るくなる。

「探しましたよプラティナ様。私と一緒に王都に帰りましょう」

そこに立っていたのはかつての婚約者ツィンだった。

「なんで、あなたがここに」

驚きでうまく喋れない。アイゼンが傍にいなければ気を失って倒れていたかもしれない。

「なんでも何も。迎えに来たんですよ、プラティナ様」

不思議なことを聞くとばかりに、ツィンは小首をかしげて笑みを浮かべる。

まるで王子様のような仕草にくらりと眩暈《めまい》がした。決してときめいたからではない。目の前のツィンが不気味すぎたからだ。

「迎えに？　私は国に命じられて聖地を巡礼している最中です」

「そんなことはもう必要ないんです」

「は？」

この人は何を言っているのだろう。

思わずアイゼンの陰から一歩出れば、ツィンが嬉しそうに目を見開く。

「少し離れている間にずいぶん綺麗になりましたね。まるで別人だ」

褒められてもちっとも嬉しくないと、プラティナは再びアイゼンの陰に隠れた。

アイゼンは口を開く気配はなく、ただじっと目の前のツィンを睨みつけている。

「久しぶりに会えたのが嬉しくて照れてるんですか？　意外と初心《うぶ》ですね、私の婚約者殿は」

びくっとアイゼンの体が驚いたように震えた。

その顔を見上げてみたが、陰になっていて表情がよく見えない。

「……あなたはメディの婚約者でしょう」

声に隠し切れない苛立ちが混ざる。実際、とてもいらいらしていた。何故アイゼンの目の前で婚約者などと口にするのかと。

「私はもう聖女ではありません。余命いくばくもないからと国を追われた身です。あなたとも無関係です」

驚くほどに冷たい言葉が出てしまい、プラティナは自分で自分に少し驚く。

ツィンもそれは同じだったようで、目を丸くして固まってしまった。

奇妙な沈黙が三人の間に流れる。

「……ははっ」

場を壊したのはツィンの笑い声だった。癇《かん》に障るその声に、プラティナは眉を吊り上げる。

「何がおかしいんですか」

「君があまりにかわいくて。拗ねているんですね」

「……は？」

にっこりと微笑みかけてくるツィンが何を言っているのか本気でわからなかった。

「プラティナ様。あの時はメディ殿下にどうしてもと言われて逆らえなかっただけなんですよ。私はあなたを見捨てる気なんてちっともなかった。ちょっとしたすれ違いってやつです」

つらつらと語る言葉は全く耳に入ってこない。不愉快だということしか理解できなかった。

ツィンは動きを止めたプラティナが目に入っていないのか、まるで舞台役者のような大げさな動きにあわせしゃべり続けている。

「女王陛下がお戻りになって、メディ殿下をしっかりお叱りになったんですよ。あなたを追い出したことをひどく怒っていらして、今メディ殿下は地下牢にいます」

「地下牢!?」

聞き捨てならない言葉にプラティナは思わず声を上げた。それに気をよくしたのかツィンはますます興が乗ったように言葉を紡ぐ。

「そうです。しばらく反省するようにとの思し召しでしょう。そして陛下は私にあなたを迎えに行くように命令されたのです。ああ、プラティナ様。メディ殿下の甘言に乗せられ、一時とは言えあなたに辛い思いをさせたことを謝ります」

「いや、別にそのことはいいのですが……」

「照れなくてもいいのですよ。もう二度とあなたを裏切らないと誓います。どうか、安心してこの胸に飛び込んできてくださいい私の愛しい婚約者殿」

両手を広げてツィンが満面の笑みを浮かべる。

これが舞台ならば拍手喝采という場面だろう。

だが、残念ながらここは舞台ではない。

「言いたいことはそれだけか」

あまりにも低く冷たい声だったため、それが誰が発した声なのかプラティナはわからなかった。

だがアイゼンがいつの間にかツィンに近づき、腰の剣を抜こうとしているのが目に入った瞬間、状況を理解した。

「アイゼン！」

瞬く間に抜き身になった鋭い剣が、まっすぐに振り上げられる。

ツィンがひえっと情けない声を上げてその場にへたり込んだ。

暗闇の中で光る刃の輝きに、アイゼンの本気を感じたプラティナは慌ててその身体にしがみつく。

「だめ、だめです！」

「っ、プラティナ!?」

広い背中に身体をぶつけるようにくっつけ、なんとかその動きを封じようと腕を回した。

「ツィンを傷つけてはいけません。彼は神殿長の息子ですし、貴族同然の身です。怪我をさせたら、大変なことになります」

もしツィンが怪我をしたらアイゼンは間違いなく罪に問われる。それだけは絶対に避けなければならない。

「アイゼンの剣を、こんなことで汚《けが》さないでください」

「わ、わかった！　わかったから‼」

うわずった声で叫ぶアイゼンはすでに剣を下げていた。だが、まだ安心はできない。

地べたに尻をつけたツィンは呆然とした顔でこちらを見上げ、はくはくと陸に釣り上げられた魚のように口を動かしている。

そんなに怖いならさっさと逃げてくれればいいのにと思いながら、プラティナはアイゼンの体に抱きつく腕に更に力を込めた。

「本当にもう何もしませんか？　約束してくれます？」

「しない。しないから、頼む、離れてくれ！」

「絶対ですよ」

必死に何度も頷くアイゼンに、プラティナはようやく腕の力を緩める。

ゆっくりと身体を離せば、アイゼンはのろのろと剣を鞘に収めた。こちらを向く気配はないが、俯《うつむ》いているので反省はしてくれているらしい。

「もう！」

心配させないで欲しいと一人憤慨していれば、下の方から刺すような視線を感じる。

顔を向ければ、ツィンが顔を真っ青にしてプラティナを見上げていた。

「……プラティナ様、いまの、は」

顎を震わせているせいで何を言っているのかはっきりと聞き取れない。とにかく怖がっているのは伝わってくる。

ツィンは神殿長の息子と言うこともあり、メディ同様に周囲からとても大事に育てられている存在だ。きっと剣を向けられたことなどないのだろう。恐怖でまともに動けなくなっても仕方が無いのかもしれない。

「ツィン。どのような事情があるかは知りませんが、私はまだ王都に戻るつもりはありません。巡礼も終わっていません」

自分の気持ちをはっきりさせるべく、プラティナはツィンの真正面に立った。

「じゅ、巡礼などどうでもよいではないですか。もうそんな必要は……」

「必要か必要でないかは私が決めます」

「でも」

「安心してください。いずれ王都には戻ります。ですが今はその時ではないのです」

巡礼の謎はまだ解けていない。それにプラティナが抱える呪いもだ。

このままの状態で王都に戻れば、以前と同じ状態になってしまうだろう。それは避けたい。自分に何ができるのか。自分に何が起きていたのか。プラティナは今それを知りたいと思っている。

「そ、それなら私も旅に同行します。こんな素性も知れぬ粗暴な男にあなたを任せるなどできません！」

叫ぶツィンにプラティナは眉を吊り上げた。

巡礼の旅へと送り出されたあの日、ツィンはメディと共にプラティナとアイゼンが馬車に押し込まれるのを笑いながら見ていたではないか。

それを手のひらを返したように迎えに来て、あまつさえ蔑むようなことを言うなんて。

(この人は、アイゼンがどんな気持ちで私の護衛をさせられていたかを知らないのね)

自由を奪われ呪われ、見ず知らずの小娘であるプラティナの護衛と死の見届け人を命じられたアイゼン。だというのに、呪いを解いただけのプラティナを今日まで支えてくれた、大切な人。

ムカムカとした感情がこみ上げ、身体に力が入った。

「結構です」

「へっ……」

「あなたの同行は不要ですと言っています。足手まといにしか思えません」

「なっ、えっ……でも、私はあなたの婚約者ですよ……？」

「婚約は解消済みでしょう。それに、たとえ王都に戻ってもあなたと再度婚約するつもりはありません」

「わ、私が再び婚約してあげると言っているのに、なんだその態度は！」

明確な拒絶にツィンが声を荒らげた。

普段の王子様然とした表情を一変させ、目を吊り上げている。

「君はずっと私に惚れていただろう！　結婚して、幸せな家族になろうと言っていたではないか！」

婚約したころ、そんな会話を交わしたこともあったかもしれない。

恋や愛など知らなかったプラティナにとって、いずれ結婚するツィンとそう語るのは当然のことでしかなかっただけだ。

見目麗しく、優しい物腰のツィン。王子様とはこういう人を言うのだろうと憧れたこともあった。

王女として、聖女として、彼と結婚してお互いを支え合って生きて行くのが当然だと信じていた。

でもそれはけっしてプラティナの意志ではない。

「それは決められた婚約だったからです」

今ならわかる。ツィンを慕っていなかったと言えば嘘になるが、それは敬愛だったり親愛に近い。

いずれ家族となる相手として彼を尊重しようとしていた。

でもそんなプラティナの気持ちはすでに踏みにじられている。

ツィンは死にかけだと診断されたプラティナを容易《たやす》く捨て、メディを選んだ。助けようとも、守ろうともしてくれなかった。

あの時、確かに空しかったが悲しさはなかった。

「私は、一度だってあなたを好きだったことなんてありません」

人を愛しく思う気持ちがなんなのか、今のプラティナはおぼろげながら理解している。

過去、ツィンに抱いていた気持ちとそれは別物だ。

「どうぞお帰りください。女王陛下には、必ず戻るとお伝えしていただければ……」

「そんなの許されないぞ！！！」

「!!」

猛然とした勢いで立ち上がったツィンが、一気に距離を詰めてきた。

伸ばされた腕に捕まえられるかと思ったが、それよりも先に誰かの腕がプラティナの腰を抱いてひょいっと持ち上げる。

その手慣れた動きと身に覚えのある体温を感じながら振り返れば、すぐ傍にアイゼンの顔があった。

「お前……！　プラティナから離れろ！」

唸るツィンにアイゼンは無言で片眉を上げると、プラティナを抱えたままツィンから距離を取る。

「誰が離すか。お前こそ諦めの悪い男はみっともないぞ」

「なっ……貴様！」

顔の色を青から赤へと変化させたツィンが、拳を振るわせながらアイゼンを睨みつけた。

その表情の醜悪さに、プラティナはどうしてこんな男との結婚を受け入れようとしていたのだろうと、わずかに残っていたツィンへの同情めいた気持ちも消え失せてしまった。

ツィンが自分を女性として好いていないことくらいとっくに気がついていたのだ。上辺だけの優しさ。形式だけの婚約者。それでも、結婚してしまえばそれなりにうまくやっていけるだろうと盲目的に信じていた幼い過去。

（私は本当に何も見えていなかったのね）

与えられた環境にどれほど甘んじていたのか。

旅に出て強くなったのは、身体だけではない。きっとアイゼンはプラティナの心までも育ててくれたのだろう。

抱き上げてくれている腕に、優しく己の手を置いた。

「ツィン。帰ってください。私にあなたはもう必要ありません」

「っ……!!　お前に必要なくても私にはあるんだ。一緒に来て貰うぞ！　おい!!」

ツィンの声に反応したのはゼットと相対していた男たちだ。

彼らはまっすぐに向かってくる。その屈強な体格と冷徹な表情に、ただ者ではないのがすぐにわかった。

「しっかり摑まってろ」

プラティナを抱き上げたままアイゼンが構える。

負けるとは思えなかったが、抱えられたままの自分が足手まといになったなら。そんな不安にプラティナがぎゅっと唇を噛んだ、その瞬間だった。

「ちょっとごめんよ」

どこか間延びした声が上から降ってきた。

夜空を何かが横切ったと同時に、男たちとプラティナたちの間に人影が降り立つ。

「流石にそろそろ活躍しとかないと、俺が怒られちゃうんでね」

言うが早いか、その人影が走ってくる男たちに向かってゆらりと身体を傾けると、一瞬の間にツィンの目の前まで駆け抜けた。男たちはうめき声すら上げずに地面に倒れ込む。

「ヒッ」

「案内ありがとうね、お馬鹿さん」

「……ッカ！」

ごつっ、と鈍い音とともにツィンの身体が揺れた。全身の骨をなくしたみたいに崩れ落ちた身体を、その人は静かに見下ろしていた。

突然の出来事にプラティナは悲鳴すら上げる間がなかった。抱き上げてくれているアイゼンの腕が緊張でこわばっているのが伝わってくる。

「あ～手応えがなかった」

場にそぐわぬ呑気《のんき》な声がその場に響く。

「びっくりさせてごめんね聖女様。俺はノース。王都のギルドから、あなたを守るために来ました」

ノースと名乗った青年は、ふわふわとした栗色の髪を揺らしながら小動物のような瞳をこちらに向けてくる。

ギルドから来たと言うことは冒険者なのだろうか。

「お前がギルドから来たという証拠はあるのか」

冷静に問いかけるアイゼンの声にプラティナははっとする。うっかり告げられた言葉を鵜呑《うの》みにしそうになったが、確かに何の証拠もない。なによりどうして王都のギルドが自分を守りに来たのだろう。

「あ～そういうこと聞いちゃう？」

まいったなぁとつぶやきながらノースは頭を掻《か》いた。

小首を傾げる仕草はどこか愛嬌があり、何故か憎めない。

「証拠って言われると弱いんだよな。ええっと……聖女様、ですよね？　プラティナ殿下、とお呼びした方が伝わります？」

正体を明かしてよいものか迷いつつも、プラティナは素直に頷く。

するとノースがほっと胸をなで下ろす仕草をした。

「よかった。直接顔を見るのはハジメテなんで、俺も自信が無かったんですよね。でも想像通り素敵な方で安心しました」

「はあ……」

「あ、信じてないっすね？　俺、本気で聖女様に憧れてるんですよ」

「私に、ですか？」

身に覚えがないとプラティナが首を傾げれば、ノースは何かを懐かしむように目を細めた。

「聖女様はご存じないでしょうけど、あなたは王都に住んでる連中からしたら神様みたいな存在なんですよ」

ますます訳がわからず混乱していれば、アイゼンがようやく身体を地面に降ろしてくれた。

そしてノースから隠すように前に立つ。

「ずいぶんと気安いな。王都のギルドってのはそういうのが礼儀なのか」

「あ〜アンタが噂の元近衛騎士サンかな？」

「だったら何だ」

「いや。想像してたのと随分違うなって。あの我儘《わがまま》姫のお気に入りだって聞いてたんで俺はてっきり」

「なんだ」

「……いや、誤解だったみたいなんで、やめときます」

肩をすくめるノースは表情こそ笑っているが、その視線にはどこか冷えた色が滲んで見えた。

対するアイゼンも、鋭い瞳でノースを見つめていた。

「まあ俺がギルドから来た証拠はおいおい見せるとして、先にちょっとこいつらを片付けてきてもいいっすか？」

「片付けって……」

ノースが指さしているのはツィンと二人の男だ。

三人共が地面に顔を伏せて倒れているため、どんな表情をしているのかわからない。

まさかと不安になってノースを見れば、プラティナが何を考えたのか察したらしく慌てて手と首を振った。

「いやいや。死んでないっすよ！　ちょっと眠って貰っただけです。このままここに置いといたら、目が覚めてすぐに暴れるでしょう？　ちょっと町の外に捨ててくるだけです」

さらりと言っているがなかなかに凄い内容を口にしている。

返事ができずにプラティナが困っていれば、アイゼンが何かを諦めたようなため息をついた。

「わかった。いったんは信じよう」

「やった。アンタ意外に話がわかりそうで安心したっすよ」

「これでも元冒険者だからな」

「へぇ」

ノースが意外そうに瞳を見開き、アイゼンを凝視する。その一瞬の表情は、さきほどまでの人なつっこい笑顔とは別物で、プラティナは思わず一歩後ろに下がった。

「……じゃあ、お言葉に甘えてこいつら片付けてきますね。あ、逃げないで下さいよ！」

「約束する」

アイゼンが頷いたことに満足したのか、ノースはツィンを軽々と肩に担ぎあげ、その場から音もなく姿を消してしまった。

「い、いいんですか!?」

「慣れてるんだろ。信じてほっとけ」

「でも……あの、あそこに倒れてる人は」

「そのうち回収に来るさ。とにかく店に行くぞ。見てみろ、ゼットが死にそうな顔してる」

「え？」

アイゼンに促され、店先を見れば従業員たち総出で身体を押さえ付けられたゼットが、鼻息を荒くしてこちらを見ていた。

「ゼットさん！」

悲鳴を上げたプラティナは慌ててゼットの元に駆け寄ったのだった。


ラナルトの港町は大きいようで案外狭い町だ。港を中心に栄えていることもあり、少し郊外に行けば寂しい場所が多い。

町を囲う城壁を軽々と飛び越えたノースは、肩に担いでいたツィンの身体を林の中へと放り投げる。

ついでに懐から財布や通行手形、そして奇妙な気配のする赤い石を奪い取った。

金目のものがなければすぐには動けまい。

（これが捜索魔法かな？　なんかヤな感じ）

嫌そうに指先で石を摘まんで腰の袋に放り込み、ノースは再び地面を蹴る。

広場に置いてきた残りの男たちを運ぶためだ。

二人ともそれなりに鍛えていたようだが、大した手応えは感じなかった。

（俺が出張らなくても、あの男が簡単に倒せただろうな）

プラティナを当たり前のように抱きかかえていた黒い騎士を思い出し、ノースは奥歯をぎりりと鳴らした。

あの場で出て行く必要はなかったのだ。放っておいてもきっとプラティナは無事だった。むしろ、姿を見せずに隠密としてプラティナたちを陰から見守る手段だってあったはずなのに。

（まだまだ俺もガキってことかなぁ）

唇を尖らせながら夜の町を駆けるノースの脳裏に浮かぶのは、プラティナの顔だ。

艶やかな白銀の髪に真っ白な肌をした華奢な少女。ヘーゼル色の瞳は宝石のように輝いていた。

想像していた以上の美しさに、目を奪われた。

ずっと憧れていた。ずっと崇めていた、ノースの恩人。

（聖女様）

ノースは王都のスラムで生まれた。三つ下の妹だけが家族。両親は気がついたときにはいなかった。

毎日生きることに必死で、汚れ仕事だって望んでやった。運が良かったのは生来の器用さと、わずかだが魔力を持っていたこと。

こそ泥まがいの生活をしながら、妹を育てることだけを生きがいにしていた。

そんな妹が、病気になった。酷い熱でなにをしてもだめだった。

大人たちは誰も助けてくれない。薬を買おうにも金はないし、盗もうにも何処で薬が手に入るかなんて知らなかった。

そんなときだ、神殿に新しい聖女が来たという噂を耳にしたのは。聖女が作った薬には絶大な効能があるとも。

だが、それは沢山の献金をした信者しか手に入れられずノースには手が届かない、はずだった。

「早くこの薬を使え」

死にかけた妹を腕に抱いて絶望していたノースに薬を差し出した大男は言った。

「新しく神殿に来た聖女様が薬を作りすぎたからとギルドに格安で薬を卸して下さったんだよ。恵まれない人々に使って欲しいとな。よかったな、ぼうず」

薬で妹は助かった。嘘みたいに元気になった妹は、今やノースの手を離れ平穏で幸せな家庭を手に入れている。

聖女の薬を配るためにスラムに来た大男はギルドでは有名な冒険者で、ノースの才能を見抜いて生きる道を与えてくれた。

直接助けられたわけじゃない。きっと聖女にとって自分は数多《あまた》いる救うべき人間の一人だっただけだ。

それでも、ノースにとって間違いなくプラティナは恩人だった。だからこそ、きな臭い話が絶えなくなった王都のギルドにしがみついていたのだから。

（ちぇっ）

当たり前のようにアイゼンという名の男の腕に収まるプラティナを見て、ノースは全部悟ってしまった。

何か一つでも違っていたら、プラティナを抱いていたのは自分だったのかもしれない。

そんな考えが一瞬だけ頭をかすめるも、すぐに消えていく。

（まあいいや。どっちにしても俺がやることは一緒だし）

聖女を守る。それはギルドからの指令であり、自分で自分に課した役目だ。

たとえプラティナの騎士になれなくたって関係ない。

（早く戻らなきゃ）

ようやく会えた聖女の元へ。

ノースははやる気持ちを抑えきれず、地面を蹴る足に力を込めた。

幕間　ギルドマスターの覚悟

「王都のギルドマスター様がこんな田舎のギルドマスターになんの用だってんだ」

淡く光る水晶の向こう側で胡乱《うろん》げな声を上げるのは、西部地区を管轄するギルドマスターのドランだ。顔は見えないが、皮肉げな表情を浮かべているのがわかる。

ドランとは同じ時期に冒険者デビューをしたこともあり、ライバルとして当時はずいぶんと険悪な仲だった。引退時期も近く、ベックは王都のギルドに、ドランは西部のギルドに就職したのだ。

そしてギルドマスターになった時期まで一緒という、くされ縁。

なにかと意見が対立することも多く、これまで仲良くしたいと思ったことはなかった。

しかし、今回ばかりはそうも言ってはいられない。

大きな溜息を吐き出したいのをこらえながら、ベックは頭を乱暴に掻きむしる。

「お前にちょっと聞きたいことがあるんだ。ついこの間、聖地近くの集落を根城にしていた詐欺師を捕まえたそうじゃないか」

「ずいぶんと情報が早いな。それがどうした」

ドランの声が変わった。真面目な話をしようとしていることがわかったらしい。

「その詐欺師どもを捕まえるのに協力した中に、白銀の髪をした女性がいたと聞いたが、本当か」

「……なんでそれを……」

「いたんだな！」

念を押すように問いかければ、水晶の向こうでドランが短く返事する。

「なんでも凄腕の聖女様だったらしい。詐欺師どものせいで毒に侵された住人たちを治療しただけではなく、麻薬の原材料になっていた花まで浄化しちまったらしい」

「……！」

やはり、とベックは息を呑んだ。

普通の聖女にそんな奇跡のような御業《みわざ》は不可能だ。そんなことができるのはただ一人。

（プラティナ様！）

ベックは目を見開いた。ドランと通信する前、ベックは隣町のギルドにも連絡を取っていた。ギルドマスターであるガゼルと、弟子だったセインから話を聞いたが、隣町で水源汚染の原因をつきとめた薬師に同行していた白銀の少女がいたことがわかっている。

（水源の浄化も、薬を使ったんじゃない。きっとプラティナ様が浄化したんだ）

プラティナが消えてから王都はどんどん治安が悪くなっている。郊外には普段は姿を見せないような小型の魔獣が現れ、作物を荒らしているという報告が上がっている。ここ数年、安定していたスラムでも新しい病がはびこりはじめていた。

王都を囲む城壁近くでは大型の魔獣も姿を見せ、国の騎士団が駆けつけたらしいが怪我人が大勢でたという。治療しようにも、聖女が薬を作っていないため、命が危ういものすらいる。王家からギルドに薬を出すように要請が来たが、この薬は苦しんでいる市民たちに使うために保管してあるものだ。普段、権力を笠に横暴な態度を取り、適当な訓練しかしていない連中に渡してやる薬はない。

全ての状況を、最初は偶然だとおもっていたが、プラティナが神殿から姿を消し、巡礼の旅に出たことが原因ならばつじつまが合う。

殆どの人間はプラティナの祈りは形だけだと思っているようだが、本当は違ったのだ。

(この王都はプラティナ様に守られていた)

ずっと神殿でその身を削って祈りを捧げてくれていたプラティナの献身に頭が下がる思いだった。だからこそ、彼女が病だというのに巡礼の旅へと追い出した王家のやり口にはらわたが煮えくり返るような思いだった。

「その白銀の髪の女性は、どこに行った」

「住人の話だと、護衛の男と一緒にラナルトの港を目指して定期船に乗りに行ったらしい。日数的にもう彼方《あっち》に到着している頃だと思うが……なんなんだ、急に。事情を説明しろ」

「……実は、その女性は王女プラティナ様の可能性がある」

「なんだと!!」

ドランが大声を上げる。

「彼女は神殿でずっとこの王都を守護する祈りを捧げて下さっていた聖女だったんだ。それを、女王不在の隙を狙ってあの我儘王女が追い出した」

「我儘王女って……あの女王の娘か！」

「そうだ。プラティナ様は身体を壊していらっしゃるんだ。今は巡礼の旅をしているが、どこかで倒れる可能性もある。それに、王都から追手が掛かった可能性がある」

「追手だと？」

「女王が戻ってきて、連れ戻せと命じたらしい。追い出したり、捕まえたり勝手な連中だ」

あまりのことにドランは返事もできないらしい。

「お前のギルドからラナルトのギルドに連絡が取れるか。プラティナ様を保護してもらいたいんだ。俺のギルドからはノースを送ったが、間に合うかどうかわからないんだ」

ラナルトは元々独立した国だったこともありギルドマスターはシャンデの人間ではない。残念ながらベックは面識がないため、急に頼み事をするのは不自然だし、信じて貰えるとは思えない。

それに引き換え、ドランとは仲が悪くも、面識はあり、その力量は信頼できる。

「直接の面識はないが、あの港町には知り合いがいる。そいつに連絡を取ってみよう。腕の立つ冒険者だった男だ。きっとプラティナ様の助けになってくれるはずだ」

「それで、保護したあとはどうするつもりだ？　結局連れ戻すのか？」

「助かる……！」

「……」

そこはベックも悩ましいところだった。プラティナのこれまでを考えれば、再び王都に戻ってきて聖女を続けて欲しいなど酷い話だろう。だが、プラティナが作る薬や、祈りの加護がなくなればこの国が大変なことになってしまうかもしれない。

「こちらの状況を、嘘偽りなくお伝えしたいんだ。無理強いをしたいわけじゃない」

「……そうか」

こちらの苦しい胸中を察したのだろう、ドランの声はいつもより穏やかだ。

「わかった。なんとかこっちでも捜索の手を貸そう」

「内密に頼む。女王に知られるとやばいからな」

「わかったぜ」

憎らしいが頼もしいと考えながら、ドランとの通信を終えた。

静まりかえったギルドの執務室。ベックは腕組みをして考え込む。

（プラティナ様に戻ってきていただくにしろ、今のままじゃ無理だ）

このままでは結局何もかもが元通りになってしまう。

どうにかしなければ。

「チッ……」

これは、これまで女王の統治を許してきたツケなのかもしれない。

本来の王族であるプラティナを神殿に押しやり、この国を自由気ままにしてきた毒婦。

「本腰を入れるときがきたのかもしれんな」

拳を握りしめ、ベックは執務室を飛び出すと受付の事務員に声を掛けた。

「動ける上級冒険者を集めろ。情報収集ができる奴がいい」

「ノースさんじゃだめなんですか？」

「別件でお使い中だ。あいつレベルとは言わないが、他の動ける奴を探せ」

「えぇ……ノースさんより優秀な諜報員なんていないのに……」

ぶつぶつと言いながらも、事務員は冒険者のリストをめくりはじめた。

「一体何をするつもりなんですか」

「……ちょっと戦争でもおっぱじめるかな、と」

「はぁ？　何バカ言ってるんですか」

本気にしていないらしい事務員の言葉に苦笑いを浮かべながら、ベックは次に自分が何をするべきかを考えはじめたのだった。

六章　港町ラプソディ

「なんだあのいけ好かない貴族は！」

鼻息荒く怒りを隠さないゼットに、プラティナは思わず笑ってしまう。

店の従業員たちはゼットを押さえ込んでいたせいで疲労困憊《ひろうこんぱい》といった様子だ。

「すみません。変なことに巻き込んで」

「いや、いいんだ。俺は店の客は守るって決めてるんだ」

「ゼットさん……」

「いや〜しかし、いいザマだったなあの貴族サマ。プラティナちゃんにきっぱり振られていい気味だぜ」

からからと笑うゼットはずいぶんとご機嫌だ。

「振るも何も、先に婚約を解消したのはツィンですし、私には何の未練もありませんから」

思い返してみても優しい人だと思ったことはあれど、会いたいとかずっと傍にいたいとは考えたことも無かったように思う。

あの狭い神殿の中で、ツィンと過ごす時間だけが、酷く穏やかだったのは事実だ。その安らぎを好意と勘違いしていたような気がする。

「しかし、プラティナちゃんはやっぱり貴族のお嬢様だったんだ。どうりで気品があると思った」

「え、あはは……」

「まあ人生には色々あるのが付きもんだからな。後悔しないように生きることだ」

追及するつもりはないと暗に告げてくれたゼットに、プラティナは頭を下げる。

ツィンとの会話を聞かれたことで大方の事情はバレてしまっただろう。それでも、態度を変えることがないゼットや従業員たちに胸が一杯になる。

「ありがとうございます」

「いいってことよ。さ、メシにしよう！」

どん、と胸を叩いてゼットが厨房に入っていった。

すぐに漂ってくる美味しそうな香りに、忘れていた空腹感でお腹がきゅるるるっと鳴いた。

「座ろう、プラティナ」

「はい」

アイゼンに促され席に座れば、すぐさま大皿に載った料理が運ばれてきた。

ふわりと磯の香りが鼻孔をくすぐる。

「我が港自慢の海鮮パスタだ！」

「わー!!」

思わず歓声を上げてしまう。つやつやとした太めのパスタ麺《めん》と共に和《あ》えられているのは、肉厚のぷりぷりとした貝だったり鮮やかな色合いをした小さなエビなどの海産物たちだ。彩りに添えられたハーブの香りが食欲をそそる。

我慢できずにフォークを持ってそのまますくい上げようとしたら、アイゼンに手で制された。

「おちつけ。取り分けてやるから。火傷《やけど》するなよ」

小皿に綺麗に取り分けられたパスタが目の前に置かれる。ふわりと立ち上ってくる湯気が、外気で冷えた頬をほんのりと温めてくれた。

「いただきます」

「ああ」

フォークに巻き付けて口に運んだパスタは絶妙な弾力だった。舌の上でつるりと踊る食感がたまらない。肉厚の貝は見た目通りのジューシーさで、噛めば噛むほどに旨味が広がっていく。他の具材もどれも少しずつ味わいが違ってとても美味しい。

「ほら、これも食えよ」

「わあ！　トマト！」

人差し指と親指で作る穴ほどのサイズの真っ赤なトマトが皿一杯に盛られて運ばれてきた。

こちらもハーブが入ったオイルがたっぷりと掛けられており、まるで宝石のようにきらきら輝いている。

フォークを刺すのが勿体なくて、スプーンでひとつすくい上げ、口の中に放り込む。すぐに食べてしまうのが勿体なくて口の中で転がしていれば、アイゼンが瞳で「はしたない」と訴えているような気がして慌てて歯を立てた。

みずみずしい果肉とほんのりと甘酸っぱい果汁がオイルソースに絡まって舌を喜ばせてくれた。

「ん〜!! おいひぃ〜!」

「口の中にものを入れたまま喋るなと言ったろう。こぼれるぞ」

「ごめんなふぁい」

差し出されたナプキンを受け取って口元を拭けば、アイゼンがふわりと目元を緩ませる。

笑顔と呼ぶにはいささか硬いが、その心根を映し出したような優しい表情に、食べ物で満たされた心とは違う部分がいっぱいになっていくような気がした。

美味しいものでお腹が満たされていくことで、島での出来事やツィンとの再会で弱っていた部分が元気になっていく。

周りを見ればみんな楽しそうに食事をしていた。

ごはんは世界を救う。プラティナの頭の中にそんな言葉がふわりと浮かんだ。

「うわ、めっちゃいい匂い！」

ドアベルの音と共に陽気な声が響く。

顔を上げれば、先ほどツィンを軽々と運んでいった青年、ノースがお腹をさすりながら店の中に入ってくる。

「やあ聖女様。無事にあの男は港町の外に捨ててきました。しばらくは追ってこられないと思いますよ」

口の中にトマトを一杯含んでいたせいで返事ができず、プラティナは口を押さえたままノースをじっと見つめた。

アイゼンとは真逆と言っていいくらい陽気な笑みを浮かべ、ひらひらと手を振られるとどうにも警戒心が薄れてしまい、プラティナは思わずノースに釣られて小首を傾げてしまう。

「お前……」

「おっと、喧嘩はナシだぜ護衛騎士サン。さっきも言ったけど、俺は敵じゃない。その証拠にホラ、これ」

軽く腰を浮かせ低い声を出したアイゼンに、ノースが何かを差し出した。

それはいくつかの財布や手形だった。

「あの連中の有り金と通行手形。これがなきゃ、港町にも入れないし、戻るにしても数日かかる」

「これで信じろと？」

「えーまだ足りない？　腕か指にしても良かったんだけど、血なまぐさいのは聖女様が嫌がるだろうから我慢したんだぜ」

ね、とでも言うように微笑みかけられプラティナはようやくトマトをゴクンと飲み込みこくこくと頷いた。

「危ないことはダメです」

「ほら」

「プラティナ。すぐに人を信用するな。コイツが味方の振りをした敵だったらどうするんだ」

「あ、そういうこと言う!? 護衛騎士サンは疑り深いな」

するりと流れるような動きでアイゼンの隣の席に座ったノースが頬杖を突きながら、好戦的に瞳を細めた。

長い腕を伸ばしトマトを一粒摘まむとひょいっと口に放り込む。

「うわ、うっま！ 店主、俺にもごはんくれよ！ ちゃんと金は払うから！」

ゼットさんはノースの言葉にぎょっとして、それからプラティナに視線を向けた。

いいのか、と問いかけてくる目に笑いながら頷く。

それに気が付いたアイゼンが咎めるように眉をひそめた。

「プラティナ」

「ご飯はみんなで美味しく食べるのが正解なんです。いいじゃないですか」

「そうそう。食事の席で喧嘩するなってうちのギルドマスターもよく言ってるぜ」

「お前が口を挟むな」

「護衛騎士サマは心が狭いね～」

バチッとにらみ合う姿に思わずどんと机を軽く叩いてしまう。

小さな音だったが、彼らは同時に動きを止め目を丸くしてプラティナに顔を向けた。

「食事は楽しく、でしょう？」

せっかくのご飯なのにと軽く睨み付ければ、アイゼンはしぶしぶ、ノースはニコニコ笑いながら姿勢を改める。

丁度そのタイミングを待っていたかのように、ゼットが一人分のパスタとこんがりと焼き目の付いた丸パンを運んできてくれた。

「へい、おまち」

「やった！　うまそ～」

「パスタのソースをこのパンで拭って食べるのが、この街の流儀だぜ」

「美味しそうです！」

「チッ……」

パスタに夢中になったノースの姿に、ゼットは満足げに頷く。アイゼンはまだ納得していない様子ではあったが、やはり空腹には勝てなかったのか無言でフォークを動かし始めた。

プラティナはゼットの言葉に従い、丸パンを一口大にちぎって取り皿に残ったパスタソースを拭って口に運ぶ。

皮はパリパリ中はしっとりのパンに塩味の効いたソースが絡まり、本当に美味しい。

見ればアイゼンもパンをちぎりながら同じようにして口に運んでいる最中だった。

普段はあまり変わらない表情が驚きと喜びでぱっと明るくなる瞬間を目撃したプラティナは、幸せに頬が緩むのを感じた。

「美味しいですね」

「……そうだな」

「マジ最高！」

「お前は黙って食え」

わいわいと騒がしく机を囲みながら、プラティナは嬉しさとくすぐったさでなぜだかちょっとだけ泣きたくなった。


お腹も膨れて机の上も綺麗さっぱり。

そろそろ部屋に行って休もうか、などとプラティナが緩やかに疲れにまどろみかけていると、ノースが「さて」と明るい声を上げて両手を叩いた。

「色々と聞きたいことがあるだろうけど、どっから話す？」

屈託のない笑顔で問いかければ、プラティナはぱちりと大きく目を瞬く。

数秒の間をおいてから「あっ！」と慌てて口を押さえれば、アイゼンが呆れたように目を細めたのが見えた。

「プラティナ。君、まさか……」

「わ、忘れてません！　ノースさんから話を聞かなきゃいけなかったこと、忘れてません！」

「えっ!?　マジ!?　聖女様、本気でこれで解散にしようとしてた!?」

心からビックリしたらしいノースの表情に、プラティナは恥ずかしさに頬を押さえる。

ご飯があまりに美味しくて全部忘れていたなんてどうして言えようか。

二人の呆れたような視線に恐縮しながら、仕切り直しとばかりに首を振る。

「お話、聞かせてください」

「いいよ。ここで話すのもなんだし、聖女様の部屋でなんてどう？」

「えっと……そうですね、じゃあ私の部屋に……」

「ここでやるぞ」

「えぇぇ」

「嫌ならお前が部屋を取れ」

睨みをきかせながらアイゼンは立ち上がり、プラティナの手を引くようにして立ち上がらせる。

ノースはつまらなそうに唇を尖らせていたが、諦めたように肩をすくめて見せた。

「わかったよ。護衛騎士サマの言うとおりにする」

「じゃあ……」

「その前に、君は上だ」

「上？」

「そろそろ上のチビにも構ってやらないと、宿を壊すぞ」

「アンバー!!」

すっかり忘れていたと小さく悲鳴を上げてプラティナは階段を駆け上がったのだった。

案の定、アンバーは明らかに不貞腐《ふてくさ》れていた。それも、小さなトカゲの姿で。

従魔用に備え付けられた屋根付きの小屋の中央、藁《わら》を敷き詰めた場所にくるんと丸くなってこちらに背中を向けていた。

近くには空になったお皿があるので、どうやらゼットが気を利かせて食事を運んできてくれていたらしい。

食事抜きでなかったのは不幸中の幸いだろう。

すぐそばに膝を突き、小さな背中をそっと撫でる。小さな姿は久しぶりで、懐かしい感触に頬が緩む。

「あ、アンバー。ごめん、ごめんね」

『……さみしかった』

絞り出すような声が聞こえてきた。

どうやらどんな姿でも喋れるようだ。意思疎通ができるのは嬉しいが、罪悪感はひとしおだ。

謝罪の気持ちが伝わるように手のひらをしっかり押し当て何度も何度も背中を撫でる。

「うん。ごめんね」

『待ってたのに。僕も一緒にご飯食べたかった』

「そうだね。明日からは一緒にご飯食べようね。ほら、抱っこしてあげるからおいで」

『……うん』

ようやく顔を上げたアンバーが、琥珀色の瞳を潤ませながらよじよじとひざに登ってくる。

ひしとしがみついてくる小さな身体をぎゅっと抱きしめれば、くるくると懐かしい喉の音が聞こえたのだった。

小さなアンバーを抱えて食堂に戻れば、椅子に座っていたノースが立ち上がり目を見開く。

「え!?　ドラゴンの子ども!?」

「はい。私の従魔なんです」

「へぇ～～」

じろじろと無遠慮な視線を向けられ、アンバーが警戒したように鋭い視線をノースに向ける。

それからさっとアイゼンの方に顔を向けた。

アイゼンはベッドに座って腕と足を組んでいる。アンバーが小さなトカゲになっていることにはまったく驚いていない様子だ。

『なにこいつ！　危ないやつ？　燃やしていい!?』

「うわっ！　喋った!!」

「今はダメだ。とりあえず話を聞いてからにしろ」

『わかった』

「待って！　ちょっと待って、おっかないんだけどぉ!?」

驚きすぎて面白い顔になっているノースが、アイゼンとアンバーを交互に見つめ狼狽えている。

数時間前、宿の前でツィンたちを叩きのめした時とは別人のようで、なんだか面白い。

「聖女様、ちょっと俺が先に話聞いてもいい？　頭混乱してきたんだけど」

「ふふ、いいですよ」

「いいのか」

「はい。きっと、必要なことだと思うので」

ノースがもたらす話がどんな内容なのかはわからないが、きっとプラティナにとって必要なことのような気がした。

同時に、きっとこれまでプラティナが集めた情報もノースに伝えるべきだという予感があった。

そうしてプラティナは、王都を追い出されたところから二つ目の聖地で起きた出来事までをノースに説明したのだった。

「なんというか、どこから突っ込んでいいのかわからないんだけど」

「なにかわからないことがありましたか？」

「わからないことがもはや何なのかわからないって言うか……あー……頭痛くなってきた」

「だったらもう帰って休め」

「なんですぐ追い出そうとするんだよ！　ああもう……」

なんとも言えない声を上げ、身体を左右に揺すりながらガシガシと頭を掻いたノースが、長い息を吐き出す。

真っ直ぐにプラティナを見つめたノースの表情は、これまでの陽気なものとは一変して真面目なものになっていた。

「……まずはもう一度自己紹介するね。俺はノース。王都のギルドに所属する冒険者。っても、普通の依頼よりも調査とか追跡とか、そういう仕事がメイン。出身は王都のスラムなんだけど……まあ、そこは本筋には関係ないから割愛ね」

「はあ……？」

「で、今回俺がここに来たのはうちのギルドマスターからの依頼。行方知れずになった神殿の聖女様を探し出して、護れってね」

「ギルドマスターさんが、どうして」

理由がわからないとプラティナが首を傾げれば、ノースが苦笑いを浮かべた。

「聖女様が作ってた薬、ギルドでは大人気なんだ。それが急に卸せなくなったって言われてこっちは大混乱。何があったのかと調べたら、聖女様が城に連れて行かれたってわかったんだ」

「まあ。あの、神殿は私の不在を隠してたんですか？」

「隠してたっていうか、神殿の連中も殆どわけがわかってない様子だった。とにかく聖女様はいないってことしか言わなくてさぁ」

その時のことを思い出したのか、ノースが苦虫をかみつぶしたような顔をする。

「後任の聖女ってことであの我儘姫、おっと妹姫殿が聖女をやってたらしいんだけど薬作りどころか祈禱の類いも全部放棄して遊びほうけてるもんだから、神殿の連中もかなりストレスが溜まってるみたいだったぜ」

「そんな……メディ……」

あんなに意気揚々と聖女をやると言っていたのは何だったのだろうか。

少しぐらいは努力してくれていたのではないかと思っていただけに、落胆を隠しきれない。

「で、俺が城に潜り込んでみたらまさかの巡礼に出てたってわかったわけ」

「お城に潜り込んだんですか!?」

「そ。普段はめっちゃ厳重な結界が張られてるのに、ずいぶん弱まってて侵入なんて簡単だったよ」

「え……？」

「それだけじゃない。王都全体を包んでた加護が一斉に弱まり始めてる。意味、わかる？」

「メディが祈禱をしていないからですか？」

恐る恐る口にした可能性に、ノースは緩く首を振る。

「ちがう。聖女様が神殿から離れたせいだと俺は思ってる」

「私、が……?」

「俺聞いたんだよね。女王が、聖女様をつれもどせって言ってるの。さっきの呪いの答えってたぶんそれ」

心臓がさかさまに脈打ったような気がした。

痛む胸を押さえれば、アンバーが心配そうに喉を鳴らす。

ノースの話を聞きたいが、聞きたくない。

「聖女様の力を奪ってたのは女王だと思う」

ノースの言葉が理解できず、プラティナは何度も目を瞬かせた。

誰かに否定して欲しくて咄嗟《とっさ》にアイゼンに視線を向ければ、彼は難しい顔をして腕組みしたままノースを睨み付けている。

「そう思う理由はなんだ」

「明確な証拠はない。でもこれまでの情報を集めて並べてみてよ。レーガが女王になったのと聖女様が神殿に閉じ込められたのはほぼ同時期。それからこのシャンデは女王による圧政がはじまった」

圧政。その言葉に胸がギュッとなった。

国王である父が守っていたシャンデは、レーガによってずいぶんと荒れた国になってしまった。

「弱者は搾取されるのはとうぜん。貴族や金持ちはとことん優遇。血なまぐさい事件も起きてるから、ギルドは大忙しさ。でも不思議なことにレーガの政治に口を出す人間はいない。なんでだと思う？」

「なんでですか？」

「シャンデは守られているからだよ。城壁の外にさえ出なければ、魔物に遭遇することはない。天候や気候が安定してるから農耕や商売はしやすいし、鉱山から採れる資源だって潤沢だ。ここ数年は酷い疫病も流行ってない。とんでもない加護に国全体が守られているとしか思えないんだ。金と権利さえあれば暮らしやすい国だって世界中で有名だぜ」

ノースはシャンデのいいところを指折り数えていく。

神殿に来るのは暮らし向きに困っている平民ばかりだったから、そういう意見は新鮮だった。

確かに希《まれ》に祈禱を依頼してくるお金持ちは、シャンデをやたら褒めていたような気がする。

「それに女王の暮らす王城や、その周辺を守る結界も不気味なほどに強力で手の出しようがない。戦争を仕掛けられても負け知らず。女王を暗殺しようとした連中の存在そのものが消し飛んだって話もある」

「そ、んな」

「でもここ最近、様子がおかしい」

スラムで疫病が広がり、鉱山が崩れ、作物は虫害に侵されている。トドメに、これまで近づくことすらできなかった城内にノースが簡単に忍び込めた。

「明らかに加護が弱まってる。今は王都やその周辺だけに被害が出てるけど、郊外でも似たようなコトが起き始めてるってはなしだ。恐らく、聖女様が神殿で祈りを捧げなくなったからじゃないかとギルドマスターは疑ってる」

「私の祈り、ですか？」

「そ。聖女様の祈りにはガチで効果があったんだと思う。神殿の内部には流石に侵入できなかったけど、うちのマスターが金を積んで中を調べさせたらおもしろいものが見つかったって連絡があった」

ノースが懐から一枚の紙を取り出し、机の上に置いた。

そこに描かれた絵柄には見覚えがある。

「祈りの魔法陣じゃないですか」

それは祈りの間のあちこちに描かれた魔法陣だった。神殿の部屋にもしっかりと描かれていたように思う。

あまりにずっと目にしていたので、存在を忘れがちだったくらいだ。

久しぶりに目にしたそれに懐かしささえ感じる。

「聖女様はこれが何か知ってる？」

「確か、祈りの効果を高める術式だったと聞いたような……？」

「そういう効果もあるみたいだけど、正しくは違う」

「違うんですか？」

だったらなんのための術式なのかと首を傾げれば、ノースがぎゅっと眉根を寄せて紙に描かれた魔法陣を指先で叩いた。

「ギルドお抱えの魔術師でも文献で見たことしかないくらい古い魔法の一部だった。これは、呪いをかけた相手の力を奪う術式の装置なんだよ」

ダン！　と鈍い音がした。

一瞬、自分の身体から聞こえたものかと錯覚したが、それはアイゼンが拳で机を思い切り叩いた音だった。

分厚い木製の机が、痛々しく凹んでしまっている。

「アイゼン……！」

怪我をしたのではないか慌てて拳を確かめようとするが、アイゼンは額に青筋を立ててノースを睨み付けている。

「どういうことだ」

「俺を睨んでどうするんだよ！　俺は事実を話してるだけだっての！　この魔法陣の近くで呪いの対象者が何かしらの力を使えば、それを根こそぎ吸い上げてどこかに集めるもんらしい」

ノースが呪術師から聞いてきた話によれば、この術式は、権力者が魔法使いや自分のような聖女から力を奪うために作られたものらしい。随分前に禁呪に指定され、今では使い方の記録すら残っていないそうだ。

悪趣味の極みだと吐き捨てながらノースが魔法陣を睨み付ける。アイゼンも同じだった。

「これが神殿にあったことと、聖女様になにかの呪いがかけられていたこと、そして聖女様が神殿を出てから突然弱まったシャンデの加護……これらを複合して考えれば、女王が聖女様に呪いをかけて力を奪ってた、って考えるのが自然だろ」

しんと食堂の中が静まりかえる。

アイゼンも、ゼットも、誰も口をきかない。

プラティナも何も言えなかった。アンバーだけが不安そうにプラティナたちの顔を見回している。

「……先に言っとくけどこの事実を知ってるのは一握りだと思うぜ。これは呪いをかけられた相手以外には全くの無害だ。神殿の連中の大半は、聖女様を心配してた」

「そう、ですか」

「だが神殿長とその周辺だけは慌てふためいてるらしい。レーガの恩恵にあずかってる連中だな。それで、あの馬鹿がここに来たって訳だ」

「馬鹿?」

「あのお坊ちゃんだよ。アイツ、女王と父親である神殿長に蹴り飛ばされて聖女様を探しに来たんだ」

迎えに来たと口にしたツィンを思い出す。

あんなに簡単にメディに乗り換えておいて、迎えに来るなんておかしいとは思っていたが、行動の裏にそんな理由があったなんて。

納得すると同時に、ツィンらしいと思ってしまった。

「やっぱり、私のことを心配していたわけではなかったんですね」

ノースとアイゼンが、何故か同時に息を呑んだ音が聞こえた。

二人は苦虫を噛みつぶしたように顔を歪めてこちらを凝視してくるものだから、なぜだか居心地が悪くなる。

「あの……？」

「君、あの男を好きだったことなどないと言ったが、あれは嘘だったのか」

「はい？」

「そうだよ聖女様。あんなクズのことなんて気にするだけ無駄だよ」

「？」

一体何の話だろうか。

わけがわからず首を傾げていると、アイゼンが奥歯に物が挟まったような口調で声をかけてきた。

「あの男の態度に悲しんでいるんじゃないのか？」

「まさか！」

プラティナは慌てて頭《かぶり》を振った。

「ツィンがここに来た理由がわかってスッキリしただけですよ。わざわざ迎えに来るなんておかしいとは思っていたんですが、命令されたなら納得だなって。本当に私はツィンのことを好きとかそういう風に考えたことはありません。ただ、いずれ結婚すれば家族になってくれる人だって、すがってたのかもしれません」

自分だけを大切にしてくれる家族。そういう相手になってくれるのだろうと期待してしまっていた。

「そこに私の意志なんてなかったことに気づきました」

「プラティナ……」

「聖女様……」

なんだかしんみりとした雰囲気になってしまったと申し訳なく思っていると、アンバーが不愉快そうに羽を羽ばたかせる。

『プラティナ、そいつ燃やす?』

「燃やしちゃ駄目」

物騒な発言に思わず笑みがこぼれてしまう。

鈍色《にびいろ》の頭を優しく撫でながらアイゼンたちを見ると、アンバーの言葉に毒気を抜かれたのかさっきよりずいぶんと表情が和らいでいた。

「……とにかく、聖女様の中にある呪いは女王が原因だと思って間違いないと思う。この術式は術者から離れるか、魔法陣から離れればどんどん弱まるらしいから。近くにいれば近くにいるほど、何もしなくても力を吸い取られるらしい」

　ノースの言葉にプラティナははっとする。

　王都を出てからお腹は空くことはあれど、神殿での日々のような倦怠感《けんたいかん》や苦しさはほとんど感じなかった。

　力を使いすぎて倒れたことはあったが、最初に倒れたときのような自分自身の存在が希薄になるような感覚は無かったのを思い出す。

「もしかして、私が元気になってきたのって」

「王都を離れたからだろうな。少なくとも魔法陣から離れたし、女王も近くにいない……」

　そこまで喋ったアイゼンが急に黙り込んだ。何かを考え込むように顔を伏せ、数秒の間の後、勢いよく顔を上げた。

「そうか……！」

「わ！」

　突然立ち上がったアイゼンの椅子が床に倒れる。

　びっくりしてアンバーが飛び上がり、ノースもこぼれんばかりに目を見開いている。

　ばっとこちらを見たアイゼンはこれまで見たことのないような表情をしていた。

「俺が逃げ出せたのは、君が神殿を出たからか……！」

「逃げ出せた、って……あ」

旅立ちの日に、聞かされた話を思い出す。アイゼンは隷属の契約をかけられメディの近衛騎士になっていたが、何故かその契約魔法が弱まったことで脱走を図ったのだと。

だが結局は捕まってしまい、呪いをかけられたのだが。

「君は言っていたな。メディによって神殿から城に移り住んだと」

「ええ。余命わずかな私は聖女には相応《ふさわ》しくないと……」

「君が城で滞在していた部屋にこの魔法陣はあったか」

私は無言で首を振る。

ほんの一週間ほど滞在していた部屋は、急ごしらえで調えられたらしい質素な部屋だった。

神殿の部屋よりは幾分かましだったが最低限の家具しかなく、寝台に座って祈りを捧げていたくらいだ。

「だろうな。だから俺を縛っていた魔法が弱まったんだ」

「どういうことですか」

「……俺を縛っていた契約魔法はおそらくは女王が作ったものだ。だが、ある日突然、その制約が弱くなった。じわじわと削れていき、自力で破れるほどにまでな。それは、君という魔力の供給源を失ったからだ」

「なるほどね。女王は聖女様の力を使って城の中を掌握してたってわけか。あのむやみに強い結界も聖女様の力でって考えれば納得だ」

「そんな、まさか」

あまりの情報量に頭が追いついていかない。

怖くなってアンバーを抱き寄せれば、腕の中で心配そうにキュルルと喉を鳴らす音が聞こえた。

「女王が視察で国を離れたのも影響したんだろうな。通常の魔法は術者との距離が離れるほどに効果が薄くなるものだろう」

「……そうですね」

「だがこれまでも女王不在の間も魔法が弱まったことはなかった。君の力がそれを補っていたからだ。君が倒れたのは、そのせいかもしれない」

ぞわりと項《うなじ》の毛が逆立つような感覚があった。

「あの城には、俺以外にも契約魔法で拘束されている奴が大勢いた。正確な数はわからないが、同じ魔法で縛られているからかなんとなくは察しがついた。あの城で、本心から女王と王女に忠誠を誓っていた人間は一握りだろうよ」

「そんな……」

「君を神殿に閉じ込めたのは、力を奪うためだけではなく魔法を解除させないためだったのかもしれないな」

自分が神殿にいた理由がどんどん明らかになっていく恐怖に、プラティナは息を呑む。

「でも、これまでにも女王が国を離れたことは何度もあったはずだぜ？　聖女様が倒れたのは今回がはじめてだったんじゃないのか？」

「そう、ですね。体調を崩すことはありましたが、あそこまで力が枯渇したのはあの日がはじめてでした」

「他にも要因があるのかもしれないな」

アイゼンが考え込みながら目を細める。ノースも同様だ。

プラティナは、なんと言っていいのかわからずただただアンバーを抱きしめていた。

聖女として国のために力を使い続けていたのだと信じていた。だが、本当は違った。義母であるレーガはプラティナの力を奪うために聖女という役目を押しつけ、力を奪い続けていたのだ。

「……私、情けないです」

ぽつり、と声がこぼれる。

王女なのに聖女なのに自分の力がどう使われているのかに気が付けなかった。アイゼンだけではない。他の人たちも、自分のせいでレーガに縛られていたのだとしたら。

呑気に外の世界を見たいなどと言ってしまった自分が、とても情けなくてたまらなかった。

「君のせいじゃない」

優しい声にハッとして顔を上げる。

黒い瞳がまっすぐにプラティナを見つめていた。

「君が神殿に入れられたのは子どもの時だ。何も知らなくて当然だ。君はあの女王に搾取され、外界から隔絶されて生きてきた。君が責任を感じる必要はなにもない」

「そうだよ聖女様。女王のことは腹が立つけど、聖女様がいてくれたからシャンデは守られてたし、聖女様の薬や祈禱のおかげでたくさんの連中が救われたんだ。俺は、聖女様に感謝してる」

「アイゼン……ノース……」

『そうだよ。プラティナはわるくない！』

「アンバーまで」

優しい言葉に胸がいっぱいになる。

「悪いのは女王だろ。どう考えても国の乗っ取りだ」

「……なあ、レーガは一体何者なんだ？　冷静に考えれば元は側妃だった王妃が女王になるなんてありえないだろう」

「そこが謎なんだよね。レーガの過去って調べてもナニも出てこないって言うか……もしかしたらそれもなにかの阻害魔法で調べられないようになってたからかもしれないけど」

「なら今ならわかるんじゃないか」

「……確かに」

ノースは芝居がかった仕草で頷くと、胸ポケットから白い紙とペンを取り出した。

「それは？」

「ギルド特製の伝達魔法さ。この紙に書いた内容が、対になってる紙に念写されるようになってる。これの相方を持ってるのは、王都にいる俺の上司」

「へぇ！」

なんて便利な道具なんだろうと顔を近づければ、ノースが自慢げに胸を反らした。

「貴重な紙だから滅多には使わないいんだけど今回は聖女様のことだから特別にって持たされたんだ。これだけ距離があると思念通話は雑音が混じりやすいからこっちが確実なんだよね」

さらさらとちょっと癖があるが読みやすい文字が紙に書かれていく。

内容はレーガの過去についてもう一度詳しく調査するべきだという進言と、無事にプラティナに合流できたというものだ。それ以外にもなにか絵のようなものも描いたが、意味はわからなかった。

しばらくすると、紙の余白に文字が浮き出てきた。

『了解した。聖女様を命がけで守れ』

几帳面で少し硬い文字だった。その下にはやはり同じような絵が描かれている。

「その絵はなんです？」

「んー？　ほら、顔が見えないからさ。本人だよっていうサインみたいなもん」

「なるほど！」

世の中にはまだまだ知らないことがたくさんあると感動しながら頷けば、何故かノースがはは っと声を上げて笑った。

「よかった。元気出たみたいだね」

「え？」

「さっきまで暗い顔してたからさ」

「あ……」

自分の単純さが恥ずかしくなってしまう。

さっきまであんなに深刻な話をしていたのに、不思議な魔法ひとつで浮かれてしまっている。

「いいって、いいって。聖女様はそれでいいんだよ」

「そうだな。君はそれでいい」

アイゼンまで一緒になって頷いている。

なにがそれでいいのだろうか。わけがわからないと首を傾げれば、少し離れたところにいたゼットまでもが笑い声を上げていた。

つられて笑えば、アンバーも嬉しそうに羽ばたいてくれる。

仲間がいる心強さに、さっきまでの暗い気持ちがどこかに飛んで行ってしまった。

ひとしきり笑い合うと、さて、とノースが明るい声を上げる。

「聖女様の呪いの謎がこれでわかったワケだけどどうする？」

「最後の聖地に行こうと思います。聖地で祈禱をする度にこの呪いが弱まっていることを考えると、どうしても無関係とは思えないんです」

「そうだな……ここまで来たんだ、行ってみるか」

「はい！」

元気よく頷けば、アイゼンが優しく微笑んで頭を撫でてくれた。

その大きくて温かな手のひらの感触がくすぐったくて心地いい。

『僕も！』

アンバーが飛び上がって自分からアイゼンの手のひらに頭をこすりつけた。

アイゼンは仕方が無いとでも言いたげな手つきでアンバーの頭を撫でてあげている。

その光景にプラティナは胸の奥がじんと痺れるのを感じたのだった。

＊＊＊

話が終わると案の定、プラティナは眠そうに目をこすりはじめた。

「君はもう部屋に行け。そろそろ寝ないと明日に響くぞ」

「でも……」

「でもじゃない。おいチビ、プラティナの側から離れるなよ」

アイゼンはプラティナの腕の中で猫のように喉をならしているアンバーの頭を乱暴に撫でる。

今のアンバーなら本気を出せばプラティナ一人抱えて逃げ出すくらいは簡単だろう。

『チビって言うな！』

「ゼット。このサイズなら客室につれて入ってもいいだろう」

「かまわねぇよ。そのドラゴンは大事なナイトみたいだしな」

ゼットが笑いながら手を振ってくれた。

大事なことは何も話していないが、アイゼンたちの会話からある程度の事情は察してくれたのだろう。相変わらず憎らしいほどに有能な男だと思う。

「まだ話が……このあとのこととか」

「いいから君は早く寝ろ」

不満そうに頬を膨らませる姿はまるで子どもだ。

出会った頃はずいぶんと達観した雰囲気だったが、最近は年相応……むしろ少し幼い雰囲気を出すようになってきた。

これまで表に出すことの許されなかったプラティナの素直な部分が、この旅で育ってきたのならいい傾向だとおもう。

「アイゼン」

「……だめだ」

うるうると瞳を潤ませぐずるような声を上げられると、つい甘やかしたくなってしまうのが少し困る。

鋼の意志で駄目だと告げれば、プラティナは渋々頷いた。

「わかりました」

「早く寝るんだぞ」

「はい」

眠ると決まったら安心したのか、小さなあくびがこぼれる。眠気には勝てないらしい。

アンバーに背中を押され階段を上っていく。

あの様子ではベッドに入った途端に夢の国だろう。

いい加減、あの無防備さは改善させなければと思うが、あれはあれでプラティナらしさだからなくしてしまうのは少し惜しいような気がする。

「さて、俺もそろそろ引き揚げるかな。悪いが寝るときは灯りを消しておいてくれよ」

「わかった」

ゼットも店じまいだと扉に鍵をかけ、さっさと奥に引っ込んでしまった。本当に察しがいい。

静まりかえった食堂には俺と王都のギルドから来たという冒険者の二人だけになる。

「さて」

真っ直ぐに向き合えば、目線がかち合う。

ひょろりとした印象からかそこまで大きく感じなかったが、身長はさほど俺と変わらないらしい。

好戦的な色を宿した瞳を真っ直ぐに見返せば、おどけるように肩をすくめられた。

「お前の知っていることを全部話してもらおうか」

「さっき話したじゃん」

「嘘だな。あの紙に書いた文字……暗号だろう」

「へぇ」

人好きするような笑顔に剣呑な色が混じる。

プラティナの前ではずいぶんと猫を被っていたようだが、ノースはアイゼンと同じ側《がわ》の人間だ。

他人よりも自分。守るべき相手以外には興味が無い。腕っ節だけで生きてきた人間。

「さっすがは護衛騎士サマ……いや、冒険者アイゼンってことか」

「俺のことを調べたのか」

「ちょっとね。国外じゃそこそこ有名な剣士だったらしいじゃん。それが、この国でうっかり女王の魔法に捕まった、と」

おちょくるような口調は明らかにアイゼンを揶揄《やゆ》している。

探るような視線に睨み返し、は、と短い息を吐いた。

「怒らせたいのならば無駄だ。俺が下手をして捕まったのは事実だからな」

「うっわ冷静。腹立つわ」

怒って暴れてくれれば楽だったのに。

明らかに敵意を混ぜ込んだ口調のノースに、アイゼンは肩をすくめる。

「プラティナから俺を引き離したいんだろうが無駄だぞ。俺は彼女が望む限りは傍に居るつもりだ」

「じゃあ聖女様がお前をいらないっていったらどっかいってくれるの？」

「……ああ」

あまり想像したくない未来だが、プラティナがそう望むなら逆らう理由がない。

「俺は彼女に救われた身だ。一度は魔法から、二度目は呪いから。傍に居るのはその恩義に報いるためだからな」

それ以上は望まないともう決めている。

覚悟を込めた返事をすれば、ノースが「あーあ」と間延びした声をあげて近くにあった椅子に乱暴に腰を下ろした。

「ちぇっ腹立つなぁ」

まるで子どものように唇をとがらせたノースが、近くの席を顎で指し示す。

「立ち話もなんだし、座りなよ」

逆らう理由もないので、アイゼンは近くの椅子に腰を下ろした。

もうやり合う気はないらしいノースは先ほどの紙とペンを手元でくるくると遊ばせながら、短い溜息を吐いた。

「アレが暗号ってのがわかるなら内容もわかるんじゃないの」

「残念ながらこっちで冒険者活動はほぼしていないんでな。この国独自の暗号まで読めん」

「あれは、アンタが敵じゃなさそうって報告」

「俺のことか」

「そ。アンタはあの我儘姫の近衛騎士だった男だろ？　それが聖女様の護衛でくっついてるってなれば、なにか意図があるんじゃないかと疑いたくもなるし」

「確かにな。お前の上司とやらはプラティナをずいぶんと気にかけてるようだな」

そちらこそなにか意図があるんじゃないかと含ませれば、ノースはからからと笑った。

「当たり前じゃん。俺たちにとって聖女様はマジで聖女なんだよ。どんな怪我や病気だって治してしまう薬を破格の金額で卸してくれるし、貴族や平民問わずに治癒や加護を与えてくれる。聖女様がいなかったら、とっくにギルドはあの国から手を引いてたって」

それほどまでか、とアイゼンは目を瞠《みは》る。

本人は自分は特別なことなどしたことはないと言っていたが、やはりしっかりと慕われていたのだ。

「……それをプラティナは知っているのか」

「知らないんじゃないかな。俺たちは聖女様への接触を禁じられてたし、祈禱や治癒中も兵士たちがまわりでがっちり囲んでたから余計な話なんてできないし」

「……そうか」

「聖女様の待遇を改善するように意見してた連中も多かったけど、神殿長が全部止めてたって話だ」

「あの馬鹿の父親か」

「そ。元々は農民生まれの下級神官だったのが何故かレーガに気に入られて神殿長まで上り詰めた男だ。アンタ、近衛騎士だったんだから会ったことあるんじゃない？」

そう言われアイゼンは城での生活を振り返る。

近衛騎士としての日々の記憶は曖昧だ。魔法に縛られていたというのもあるだろう。決められた役割を淡々とこなしながら、メディの我儘にうんざりしていたことばかりが思い返される。

「式典か何かで遠目に見たことがある程度だ」

「さっき、隷属の魔法を掛けられてる人間は判る、みたいなコトいってたけど神殿長はどうなの？」

ノースの問いかけに記憶をさぐる。

神経質そうな痩せた男という印象以外は残っていない。

少なくとも神殿長はそうではないような気がする。

もし何かしらの魔法で操られているのならば、もっと混濁とした雰囲気をまとっているものだ。

「わからんな」

「使えないなぁ」

「あ?」

思わず低い声が出てしまう。

「プラティナが神殿でどんな扱いをされているか知らなかった奴に言われたくないな」

「あ?　それ言っちゃう?」

ノースの雰囲気が一変する。笑顔を消し、鋭く瞳を細めた表情はその場の温度を下げるほどの殺意に満ちていた。

「俺たちだって知ってたら助け出してたさ。ずっと阻害されてて内情を探れなかったのもあるけど、まさか聖女様を神殿が虐げてるなんて誰が想像するよ?　ただでさえ自分の無能ぶりにキレそうなんだから、外野は黙ってろよ」

普段は陽気な人間を装っているが、この姿こそがノースの本性なのだろう。

ずいぶんと猫を被ったものだ。だが、ここまでの殺気を隠せる有能さには純粋に感心する。

「悪かったな」

素直に謝ればノースはぱちりと大きく目を瞬く。

今にも何か投げつけてきそうだった腕が行き場をなくしてよろよろと左右に揺れた。

「プラティナの件で腹を立てているのは俺も同じだ。そっちがどれくらい本気か確かめたかったんだ。無神経なことを言った」

「……調子狂うからやめてくれる?」

「とにかく俺たちの共通の敵はレーガだ。あの馬鹿を追手として寄越したのを考えれば、プラティナを取り戻したがってるのは間違いない」

「だろうね。だからこそうちの上司は俺をここに寄越したんだし」

おどけるように両手を上げたノースが何かをアイゼンに投げて寄越した。

それは奇妙な気配のする赤い石だった。

「それ、多分だけど聖女様の呪いを探知する魔法道具か何かなんだと思う。あのお坊ちゃんはただの捨て駒で、まだこれからも追手は来ると思って間違いないよ」

「なるほどな」

元婚約者を最初に寄越したのはプラティナの意志を確かめるためだったのだろう。

もし素直に帰ってくればよし。そうでなければ実力行使に出ればいい。

「そんなわけで、これから先は俺も同行するから。よろしくね護衛騎士サマ」

「その呼び方はやめろ。俺はアイゼンだ」

「じゃあアイゼン。よろしく」

差し出された手を少し迷いながら握り返す。

レーガが本気でプラティナを連れ戻しにかかるなら味方は多い方がいい。

だが。

――プラティナを守るのは俺だけで十分だ。

独占欲にも似た気持ちが少しだけ胸をざわめかせる。

こんなにも身勝手な欲が自分の中にあるなんてアイゼンは知らなかった。

無邪気な笑顔も無防備な寝顔も美味しそうに食事を頬ばる姿も、誰にも見せたくないなんて。

「ああ、頼むぞ」

だがそれよりも大切なのはプラティナだ。

守るためならなんだってできると誓いながら、アイゼンはノースの手を握り返した。

＊　＊　＊

「もう、朝」

色々あったことで疲れていたのだろう。

部屋に入った途端猛烈な眠気に襲われたところまでの記憶しか無い。

同じベッドではアンバーがお腹を出して気持ち良さそうに眠っている。

昨日、巨大な竜になったり人型になったりしたとは思えないあどけない姿だ。

「アンバー、起きて」

『んんう？　朝ぁ？』

くるくると小さく鳴きながらアンバーが身体を起こす。ぐぐっと伸びをする姿は、まるで猫のようでもある。

「朝ご飯食べに行こうか」

よく眠ったおかげで身体も軽いし頭もスッキリしている。空腹を訴えるお腹を押さえながらアンバーと共に食堂に下りれば、すでに起きていたらしいアイゼンとノースが同じ机を囲んでいた。

「おはようございます」

「おはよう」

「おはよう聖女様」

ほぼ同時に挨拶をされて、プラティナは思わず動きを止めてしまった。

気のせいかもしれないがアイゼンとノースの間に流れる空気が変わったような気がする。

でもそれが何かもわからないし、理由も思い付かないのでプラティナはただただ首を捻りながらアイゼンの横に座った。

「おはようプラティナちゃん。今日の朝食はこれだ」

「わ！　パンですね！」

ゼットが明るい声をあげながら、きつね色に焼けた四角いパンを載せた皿を机に置いてきた。四角く切られたバターがパンの上にちょこんと載っていてなんだか可愛らしい。

「チビ助は上に肉を置いてあるぞ」

『わーい！　プラティナ、食べてくるね』

「行ってらっしゃいアンバー」

肉という単語に反応したアンバーが嬉々とした様子で屋上へと飛んでいく。

それを見送って再び机の上に目を向ければ、先ほどまでは固形だったバターがすでに半分ほどに蕩けていた。よく見ればバターが染みこみやすいように切れ目が入れられている。

「おいしそう〜」

「まだまだこれからだ」

そう言いながらゼットが小さな乳白色のツボのようなものを取り出してきた。よく見ると小さな注ぎ口が付いており、水差しにも見える。

パンの上にそれを傾ければ、注ぎ口から琥珀色の液体がパンに降り注いでいった。

「はちみつ！」

「正解！」

「おいしそうです！」

焼けたパン、蕩けたバター、そして甘い蜂蜜の香り。

幸せ三拍子だと歓喜しながら手を伸ばし、思い切ってかぶりつく。サクサクとした表面としっとりとした内側の白い生地にバターと蜂蜜の風味が混ざり合って舌を蕩けさせる。

「しあわせ〜〜！」

思わず両手で頬を押さえて身震いすれば、向かいの席に座っていたノースがむせたような声を上げた。どうかしたのか、少し顔を赤くして体を震わせている。

「どうしました？」

「いや……甘い物が、お好きなんだなぁ、って」

「はい、大好きです！」

「んんっ……」

勢いよく応えれば、今度は胸を押さえて呻かれてしまった。

何か良くないことを言ったのかとアイゼンを見れば、何故か顔を背けて肩を揺らしていた。

「二人は食べないんですか」

「もう食べた」

「そ、だから聖女様は気にせずゆっくりどうぞ」

にこにこと優しそうな笑みを浮かべるノースに、プラティナははたと動きを止める。

「あの。その聖女様、ってやめませんか？」

「え？」

「私はもう聖女ではありませんし、その、その呼び方だと周りの目が気になりますし」

聖女様とノースが口にするたびに、他の人たちがちらちらとプラティナに視線を向けてくる気がしてどうにも落ち着かないのだ。

「ああ、それもそうか。うーん……じゃあ、プラティナ様？」

「様はいらないです。プラティナで」

「えぇぇ……それはちょっと……じゃあ、プラティナちゃんでどうかな？　ここの店主もそう呼んでるみたいだし」

「まあ、それなら」

「よし。じゃあ改めましてプラティナちゃん。今日からよろしくね」

「はい！　……はい？」

流れで素直に返事をしてしまったが、何かとんでもないことを言われてしまった気がする。

はて、と首を傾げればノースが嬉しそうに頬を緩ませていた。

「昨日、この護衛騎士サマ……っていうかアイゼンと話しあったんだけど、俺もしばらく二人に同行することになったんだ」

「本当ですか？」

「ああ。昨日の件もある。俺一人でも問題ないが、人手は多い方がいいだろう」

腕を組んだまま頷くアイゼンの表情は少し硬いが、反対はしていないらしい。

もしかしたら昨日のうちに二人で話を済ませたのだろうか。

昨日少ししか関わっていないが、ノースからは悪意のようなものは感じなかった。つかみ所は無いが、不思議と悪人とはおもえなかったのだ。

アイゼンに言えばお人好しが過ぎると言われそうだが、なんとなく信じてみてもいい気がするとさえ思っている。

(仲良くなってくれればいいけれど)

そんなことを考えながら、プラティナはパンを完食したのだった。

食後に出された蜂蜜入りの牛乳を飲んでいると、満足げな顔をしたアンバーが屋上から降りてきた。

『おなかいっぱい！』

「お帰りアンバー」

ちょこんと膝に乗ってきたアンバーは、先ほどのプラティナ同様にアイゼンとノースを交互にみつめて首を傾げている。

なにかを感じ取っているのかもしれない。

ノースは身を乗り出してアンバーににっこりと笑いかけた。

「チビドラゴン君もよろしくね」

『……プラティナ、こいつ燃やす？』

「燃やしちゃ駄目。彼はノース。今日から一緒に旅をしてくれるんだって」

『ええ～』

「なんでそんなに不満げなの!?　俺、役に立つ男だよ」

ノースが心底傷ついたような悲鳴を上げ、腰の鞄から何かを取り出した。

それは小さな欠片《かけら》で、キラキラと輝いている。

アンバーはそれを見た途端、ぴい！　と甲高く鳴いて羽を羽ばたかせた。

『それ！』

「お近づきの印にどうぞ、チビドラゴン君」

『いいの!?』

「どうぞどうぞ」

机の上に転がった欠片に、アンバーが飛びつく。

器用に舌でそれを口の中に放り込むと、嬉しそうに頬ばりはじめた。

「それ、なんですか？」

「これはね、星の砂っていって魔力の結晶粒なんだ。鉱山なんかで希に採れる」

「へー！」

キラキラとした粒を一つ受け取って光にかざせば、七色に輝いて見える。

言葉通りまるで星だ。

「もっと大きければ魔道具とかいろいろ使い道があるんだけど、ここまで小さいと装飾品にもならない。でも、これが大好きな種族がいてね」

「もしかして、竜種ですか？」

「そ。ドラゴンにはじまる竜種はこれが好物なんだ。だから、竜が出るような場所に行くときは御守代わりに持っていくんだよ。友好的なタイプだとこれで仲良くなれる」

『おまえいいやつだな！　ついてきていいよ！』

「こんなふうに」

手のひらを返してノースを受け入れたアンバーにプラティナは笑い声を上げる。

「アンバーはこれが好き？」

『うん。あまくておいしい』

「そうなんだ？」

「竜種は魔力を栄養に変える器官を持っていると言われているからな。この結晶からも魔力を得ることができるんだろう。腹は満ちないが嗜好品《しこうひん》……いわば菓子みたいなものだな」

「なるほど」

アイゼンの解説にプラティナは大きく頷いた。

この世界にはまだまだ知らないことが満ちていると感心しながら星の粒を味わうアンバーの頭を撫でたのだった。

「それじゃ無事に俺の仲間入りも許されたことだし、次の聖地に向かうってことでいい？」

「ああ。長居は無用だろうからな……と、言いたいところだがいくつか問題がある」

「「問題？」」

アイゼンの言葉にプラティナとノースの声が重なり合う。

これまでずっと順調に旅をしてきた中で、アイゼンが『問題』などと口にしたことは殆ど無かったのに。

よほどのことかもしれないとプラティナはごくりと唾を飲み込んだ。

「次の聖地は砂漠のど真ん中にある遺跡だ」

三つ目の聖地アスタ神殿。このラナルトから山を一つ越えた先にあるニグル砂漠のほぼ中心に位置する神殿だ。そこは他の聖地とは違い、邪龍が討伐された場所だと言われている。

巡礼をする場合、もっとも重要な場所だ。

「問題の一つは、装備不足。ここに来るまでに食材をほぼ使い切ったし砂漠に行くなら水も調達する必要がある。服も揃えなきゃならない」

「確かにそうですね」

「二つ目は、情報が少なすぎることだな。今回は案内人がいたが、ニグル砂漠は人が住める環境じゃないこともあって、詳しい人間がほぼいない。ゼットが探してくれている最中だが見つかるのか確証はない」

「なるほどね。たしかに山向こうには集落もないし大した素材も取れないからギルドも関知してない地区だもんな」

腕を組んだノースが納得したようにうんうんと頷いている。

旅の準備をおろそかにすれば間違いなくあとが大変だ。

「三つ目は呪いに詳しい奴がまだ帰ってきていないことだ。予定では明日以降に依頼を終えて帰ってくるはずだから、できれば話を聞いておきたい」

（そうだった）

慌ただし過ぎてすっかり忘れていたが、プラティナの体を蝕む呪いの正体を確かめるために呪術に長けている人物を探してもらっていたのだ。

依頼を受けておりまだ帰ってきていないため、いまだに話を聞けていない。

（次の聖地に行けば呪いが解ける可能性もあるけど、何かわかるに越したことはないものね）

この体を蝕む呪いの正体がわかれば、何か対処できるかもしれない。

「だが、優先順位は低い。危険を冒してまで待とうとは思わない。依頼をこなす間……三日というところだな」

確かにとプラティナも頷く。

話は聞きたいが、待ち続けるわけにはいかないことくらいわかる。

「そして、四つ目。これが一番重要だ」

普段以上に真剣なアイゼンの表情に、プラティナはごくりと喉をならす。ノースも一緒になって動きを止めた。

「なんでしょうか」

「金が尽きた」

「……は？」

先に言葉を発したのはノースだった。ぽかん、と形容するのがしっくりくる顔でアイゼンを見つめている。

「意味わかんないんだけど」

「言葉通りの意味だ。路銀が尽きたと言っている。昨日の孤島に行くために支払ったのが最後のまとまった金だった。ここにあと数日滞在することを考えれば、準備に回せる金はほとんどない」

さぁっと血の気の引く音が聞こえた。

プラティナがあまりにも金銭感覚に疎いが故に、管理を全部アイゼンに任せきりだったのだ。

最初の街で薬の代金や水源汚染の原因を突き止めてもらった依頼料などまとまったお金をもらったので、それで十分だと信じ切っていたが、よく考えればこれまでにも何度も宿に泊まったし、いろいろ食べていた。それらは全て代金が発生するものだ。

呑気にもアレが食べたいだとかソレは何かとか口にして無駄遣いをさせてしまったのではないだろうか。

（どうしましょう。また薬を作って売ればいいのかしら？　でもなんの薬を作れば？）

薬を作ったところでどう売ればいいかわからないが、プラティナにできることはそれくらいだ。

「あ、あのっ、アイゼン、私！」

「だから依頼を受けて金を稼ごうと思う」

「えっ」

てっきり悲愴《ひそう》な雰囲気になるかと思ったのに、アイゼンの表情はからっとしたものだった。

ノースは既に落ち着いた表情に戻っており、腕組みをして大人しく座っている。

「つまり、アイゼンたちはここのギルドで依頼を受けるってコト？」

「そうなるな。ゼットは宿代をツケでもいいと言ったが、この先の旅路で不慮の事態に備えるためにも一度まとまった金を稼いでおいた方がいい」

「俺は旅を急いだ方がいいと思うんだけど」

うーんと首を捻るノースにアイゼンが緩く首を振る。

「俺もそれは考えたが、砂漠の情報が無いのが痛い。このまま無理をして何かあって引き返すハメになる方が危険だ」

「まあ確かにソレはあるか。あの坊ちゃんたちが斥候なら、本隊が来るまではあと数日かかるだろうし」

「ああ。だから二、三日ほど依頼をこなして金を稼ごうと思う。俺とプラティナに加えて、お前たちが手伝ってくれるなら短期間でも金は稼げるはずだ」

「……たち？」

ノースが不思議そうに首を捻る。

「そのチビも戦力ってコトだ」

『まかせて！』

プラティナの腕の中でアンバーがふんと鼻を鳴らしながら胸を反らした。

どうやら協力してくれるらしい。

「このチビドラゴン君が？」

ノースの顔には『役に立つの？』とありありと書いてある。それに気が付いたアンバーが低く唸ったので、プラティナは慌てて鈍色の鱗を撫でた。

「アンバーは凄いんですよ。定期船に乗る前なんて、サーペントを一人で倒したんですから！」

「マジで!?」

『そうだぞ。えっへん！』

あの時はまだ中くらいの大きさだったことを考えれば、今はもっと強い力があると思っていいだろう。どんな依頼を受けるかはわからないが、きっと力強い味方になってくれるはずだ。

「へぇ。見かけによらず強いんだねチビドラゴン君」

『チビって呼ぶな！　アンバーと呼べ！　プラティナがつけてくれた名前だぞ』

「えぇ～アイゼンはそう呼んでるじゃん」

『アイゼンも！　僕はアンバー!!』

アンバーの叫びにアイゼンは返事をしない。

プラティナは苦笑いをしながらアンバーの頭を撫でる。

「アンバー落ち着いて。ノース、この子のことはアンバーと呼んであげてください」

「プラティナちゃんがそう言うなら喜んで。頼りにしてるぜアンバー。頑張ってくれたら、また星の砂をもってくるよ」

『ほんとか！　僕、がんばるね！』

すぐに機嫌を直すアンバーの素直さに笑いながら、プラティナはアイゼンに向き直る。

「どんな依頼を受けるんですか？」

「ゼットに調べてもらったんだが、ここラナルトの港町は旅人や商船が多いこともあって、短期の護衛や荷運びの仕事や薬の注文も多いようだ。いくつか目星はつけてあるからこのあとギルドに行くぞ」

「わかりました！　私も頑張ります」

力仕事には自信が無いが、薬作りや解呪の仕事なら自信がある。

役に立つぞ！　と気合いを入れながら両方の拳を握れば、アイゼンがふっと小さく笑った。

「少なくとも君に危険なしごとをさせるつもりはないから安心してくれ」

「いいえ、これは私がはじめた旅ですから。できることはなんでもしますから、なんでも言ってください！」

なんでも、のところを強調すればアイゼンとノースがほぼ同時に目を細めた。

じっとりとした視線はやたら強くて、プラティナは動きを止める。

った。

「君、そういうことは絶対に他では言うなよ」

「そうだよプラティナちゃん。なんでもなんて口にするもんじゃない。特に男の前では」

どうして、と尋ねかけたが二人がやけに真剣な口調なものだからプラティナは無言で頷いた。

前にもこんなことがあったような気がすると思ったが、それがいつのことなのかは思い出せなかった。

ゼットに外出を伝え、三人と一匹でこの町のギルドに向かった。

昨日は孤島に行くこともあり港方面しか行かなかったので、街の中心部の賑やかさと華やかさに目を奪われてしまう。

これまで旅してきた中で一番賑やかなのは間違いないだろう。

港町のギルドはレンガ造りの背の高い建物だった。木製の扉を開ければ、中はたくさんの冒険者たちで賑わっている。

アイゼンとノースは、迷うことなくギルドの中にどんどんと入っていった。

「依頼を受けたい」

カウンターに座っていた受付嬢はなにやら本を読んでいたらしく、アイゼンの声かけにゆっくりと顔を上げた。

分厚い眼鏡をかけていることもあり表情は読めないが、アイゼンをはじめとしたプラティナたち一行をしげしげと観察しているのが伝わってくる。

「このギルドははじめてですか？」

「ああ。旅でこの近くまで来たんだ。ついでに仕事をしようと思ってな」

「承知しました。まずはプレートを拝見できますか？」

慣れた手つきで冒険者の証明であるプレートを出すアイゼンに倣って、プラティナも慌ててプレートを取り出す。ノースも同じように銀色のプレートをカウンターに並べた。

「ありがとうございます。そこのドラゴンは、あなたの従魔ですね」

「はい、アンバーです！」

この可愛さを見てほしいとばかりにアンバーを抱きかかえて受付嬢に見せる。

アンバーも自分が一番可愛いと思っているらしい角度でどやと表情を決めていたが、受付嬢は「わかりました」と素っ気ない返事をしただけに終わってしまった。

「それで、どんな依頼をご希望ですか？　従魔がいるならばサーペントの討伐などもありますが」

「あまり目立ちたくはないから討伐はいい。この依頼を受けたいんだ」

いつから持っていたのかアイゼンが二枚の紙を受付嬢に差し出した。なにかの依頼書の写しらしい。

ソレを受け取った受付嬢はしげしげと中身を確認してから、納得するように頷いた。

「商船の警護と、薬の調達ですね。警護については一応、依頼主の意向を確認する必要がありますので、彼方《あちら》に出向いてもらってから正式に受付になりますが大丈夫ですか？」

「構わない」

「場所をお教えしますので、面接はそちらで。ギルドから事前に連絡をしておきます。全員で行かれますか？」

「ああ。薬については納品で達成だったな」

「はい。リストをお渡ししますので、期日までにお願いします。これが最低料金で、品質と数量に応じて増額しますので、どうか頑張ってくださいね」

手渡されたリストに書かれている薬は、傷薬や痛み止め、酔い止めなど多岐にわたる。長い船旅に備えて、薬を仕入れたいという顧客は多いのだろう。このギルドでの販売用の薬になるらしい。

「問題なさそうか？」

「はい。材料さえ揃えばすぐに！　アイゼンが持っている薬からも増やせますよ」

「……適度に頼むぞ」

どれも神殿で作ったことがあるものばかりだ。ゼットの宿屋で調理場を借りればすぐにでも作れるだろう。

「じゃ、まずは面接といきますか」

「はい！」

少しだけワクワクした気持ちを抱えながら、プラティナたちはギルドを出て指定された住所に向かったのだった。

　ギルドから指定されたのは、昨日セルティの孤島に向かうために使った場所とは違う港だった。

　キョロキョロと視線を彷徨《さまよ》わせるプラティナに気が付いたアイゼンが、目の前に停泊している船を指さす。

「ここは大型船用の港だ。小型の船は大型船の作る波に煽《あお》られるから、場所が違うんだ」

「それでここには大きな船しかないんですね」

「ああ。ギルドが指定した商船はアレだな」

　停泊している大型船の中でもひときわ大きな船が指定されている依頼人が乗っているものらしい。

　船首には髪の長い女神の像が取り付けられている。

「あの女神像、プラティナちゃんに似てない？」

「そうですか？」

　ノースが女神像を指さしながら悪戯《いたずら》っぽく微笑んだ。

　真っ白な石で彫られたそれはとても大人びた顔立ちの女性で、自分とは似ても似つかないと思いながらプラティナは首を捻る。

　そんな話をしていると、アイゼンが船から岸辺へと降ろされているタラップ前に立っている船員らしき男に近寄った。

「ギルドで依頼書を見たものだ。詳しい話を聞きたい」

船員らしき若い男はアイゼンの言葉に頷くと、船へと駆け上がっていった。

少しの間を置いて大柄な男性を先頭にした集団が降りてくる。全員、がっちりとした体つきで、流石は海の男というような風貌だ。

「俺がこの船の船長だ。お前たちが警護希望の冒険者か」

「ああ、そうだ」

アイゼンを見下ろすほどに大きな船長の迫力に、プラティナの隣にいたノースが情けない声をあげる。

「警護、いらなくない？」

プラティナの心の声を代弁する言葉に、思わず頷く。

あそこまでたくましい男性の集団が乗っている船に盗みが入るだろうか。

タラップに立ったままの船長はプラティナたちを観察するように見つめると、ふう、と短い息を吐いた。

「助かった。今日中に誰も来なかったら、諦めるつもりだったんだ」

おや、とプラティナは大きく瞬く。

体型や雰囲気にそぐわぬ弱った声をだす船長に、アイゼンとノースも顔を見合わせている。

「依頼は商船の警護と聞いているが……？　この船を守るわけじゃないのか？」

「この船の守りは鉄壁だ。俺たちは船のうえでは無敵だからな」

「なら……？」

「依頼は『荷物』の警護だ。船じゃねぇ」

船長が船の方を指さした。

「今、あの船にはこの港で取引しようと思って仕入れた薬草がある。こっちでは採れない貴重な品だ。だが、買い付けにくるはずの商人がまだ到着してないんだ」

「トラブルか？」

「ああ。普段使っているルートで崖崩れが起きたらしくてな。迂回路を通ってくる関係で遅くなると連絡があった」

「崖崩れとは珍しいな」

「ああ。なんでも山間で長雨が続いてるらしい。シャンデは気候が安定した国だと聞いていたが珍しいこともあるものだ」

プラティナは小さく息を呑んだ。

もしかしたらそれは、プラティナが神殿で祈れなくなったことからくる加護の弱体化のせいで、天変地異が起きているのだとしたら。

じわっと額に嫌な汗が滲むのを感じた。

「普通なら商人たちを待つところなんだが、次の予定があってな。明日には船を出さなきゃいけなくなったんだ。商人たちには悪いが、出発しようとしていたところなんだ」

「じゃあ俺たちの仕事というのは……」

「商隊が到着するまでの荷物の保管と警護だ。港にある倉庫を借りてるから、そこを守ってて欲しい」

船長が再び指さしたのは、いくつか並んだレンガ造りの倉庫だ。横には小さな店もいくつかあり、この港の中心的場所になっているらしい。

「昼間は人の出入りがあるが、夜はほぼ無人になる。倉庫の鍵をギルドに預けるのも考えたが、薬草が高価なこともあるし警護をつけたほうが安全だと思ってな」

なんでも貴重な薬草で、依頼してきた商人たちはどうしてもこれが必要ということらしい。

別の商人に売ることも考えたが、無下にはしたくないと船長は考えたのだという。

「あんたたちに頼みたいのは商人たちが到着するまでの間、荷物の警護をして欲しい。すでに通信魔法で事情は知らせてあるから鍵を渡してもらうだけで十分だ」

「相手を確認する手法は？　あちらも顔も知らない相手と取引はしないだろう」

「それについては安心してくれ。この魔法石がお互いの身分証明だ。対になっているから、もう一つと合わせると光るようになってる」

「へぇ。ずいぶんと高価な品だね」

ひゅうとノースが口笛を鳴らしながら近づいてきて魔法石をのぞき込む。

プラティナも一緒になってソレを見れば、石の中に何か複雑な文様が彫り込まれていた。

「薬草の依頼を受けたときに預かったんだ。商人がもう片方を持っている」

「なるほど。代金はどうする」

「代金はギルドに預けてもらうことになってる。少し先だが、またここに来るんでな。あんたたちへの依頼料もそこから差し引いてもらう予定だ」

「なるほどな」

アイゼンは頷きながら船長と倉庫を見比べる。

この依頼を受けるのか考えているのだろう。

「連絡では明後日には到着予定だが約束はできない。倉庫は余裕を持って三日借りている。三日経って商人たちが到着しなければ、ギルドを仲介してべつの商人に薬草を売る話は付けてある」

「つまり警護の期間は最長三日。依頼料は固定、ということか」

「ああ。日数が曖昧なこともあって、受けてくれる冒険者がみつからなくてな。どうだろうか、頼めるか」

船長や船員たちの表情は心配そうだ。

最初は恐ろしいと思った彼らだが、わざわざ倉庫を借りたり警護を依頼したりという手間暇をかけることを考えれば、根は善良なのだろう。

「俺たちも訳あって、この街に滞在できてあと三日の予定だったから丁度いい。受けよう」

「たすかる！」

わっと歓声を上げた船長がアイゼンの背中を思い切り叩いた。

驚きでむせたアイゼンにプラティナは慌てて駆け寄る。

「これが倉庫の鍵だ。今は、うちの若い船員に見張らせてる。あんたたちが依頼を引き受けてくれるなら、きょうの午後にはここを離れるつもりだ」

「わかった。ギルドには俺たちから連絡をしておく。準備をして午後に戻ってこよう」

「ああ、頼んだ」

いくつかの書類にサインをもらい、船長たちとはいったん別れ再びギルドへと戻ることになった。

道すがら、アイゼンが書類をノースに押しつけるように手渡した。

「ギルドへはお前が報告に行ってくれ。俺はプラティナと薬の材料を買ってくる」

「え〜俺もプラティナちゃんと買い物がいい！」

「駄目だ。手は組んだがお前を全面的に信頼したわけじゃない。さっきのことだってある」

「さっきのこと？」

なんのことだろうとプラティナが声を上げれば、アイゼンがノースに剣呑な視線を向けた。

「ギルドで出したプレートだ。お前ほどの実力なら、金……いや、白銀のプレートでもおかしくないのに銀プレートだと？　なんのつもりだ」

ギルドの受付に出したプレートのことだと気が付く。

確かにノースが出したのはプラティナたちと同様の銀色のプレートだった。

「あれれ～バレちゃった？」

「冒険者はランクが上がればプレートの色が変わるからな。お前が王都のギルドで仕事をしているのならば、銀プレートのままなのは不自然だ」

「はは。さっすが」

ノースは両手をひょいっと上げてみせる仕草をした。

「正解。でもあれもホンモノだよ。俺は仕事柄あっちこっちに調査に行くからさ。本当の名前で依頼を受けると足が付いちゃうだろ？　城門や関所を通過するときにいちいち白銀プレートを見せたら騒ぎになるじゃん」

「だったら事前に俺たちには伝えておくべきだ。どうせ、俺を試そうとしたんだろうがな」

アイゼンとノースがにらみ合う。

てっきり仲良くなったと思っていたのに、どうやら完全にわかりあったわけではないらしい。

プラティナは慌てて二人の間に割って入る。

「ふ、ふたりとも喧嘩はよくありません」

「喧嘩じゃないよプラティナちゃん」

「そうだ」

「……そうは見えません」

にらみ合ったままの二人を見比べ、プラティナは深い溜息をついた。

幸いにも周囲には人気が無い。

もし誰かに見られていたら、喧嘩だと騒がれていただろう。

二人は譲る気配がなくにらみ合ったままだ。

このままでは埒《らち》があかないと、ノースの手から書類を取り上げたプラティナは、それをアイゼンに押しつけた。

「ギルドへは二人で行って下さい。買い物は私とアンバーで行きます」

「なっ」

「えっ」

にらみ合っていた二人は同時に顔色を変えた。

プラティナは両手を腰に当てると、意気込みを証明するように胸を反らす。

「今の私は余命わずかでも何でもありません。そう簡単に倒れるようなことはないですし、もう買い物くらい一人でできます」

「いや、無理だろう」

「そうだよ、無理だよ」

さっきまでの険悪な空気は何処に行ったのかと言いたくなるほどに息の合った二人を、プラティナは交互に見た。

このまま旅を続けるのならば、アイゼンとノースの関係が悪いままというのは看過できない。それに。

「今回の依頼を受けることになった経緯を考えれば、私も一人でお金を使えるようになっていた方がいいと思うんです。アイゼンに任せきりだったことを私は深く反省しています」

「それは俺が決めたことだ。君には何の責任もない」

ちょっと焦ったような顔で前のめりになったアイゼンに、プラティナは首を振る。

気を遣ってくれるのは嬉しいが、そろそろ自立しなければならないとは考えていたのだ。

「私、これまでアイゼンの優しさに甘えていました。しっかりしないといけないと思うんです」

なにも知らないままで生きてきた。旅に出てからの日々は楽しいばかりで、アイゼンに頼りきりできてしまった。

残り僅かな余命で聖地の巡礼だけをすればよかったからだと言い訳してしまえばそれまでだが、そうで無いことがわかった今、アイゼンにおんぶに抱っこのままではいけない。

プラティナは小さく拳を握りしめるとアイゼンを真っ直ぐに見上げる。

「薬の一覧に材料も書いてありましたよね。買うべき物だけ教えてください。私、ちゃんとお使いに行ってきますから」

「しかし……」

「駄目だよプラティナちゃん。ここはそこまで治安がいいわけじゃない。女の子が一人で出歩いてたら、どんな目に遭うか」

たじろいで言葉を詰まらせるアイゼンに代わり、ノースが必死の様子で説得を試みてきた。

だがプラティナは首を振る。

「大丈夫です。私にはアンバーがいますから。ね、アンバー」

『まかせて！』

「いやいや。いくら強くても無理だって。せめて俺を連れてってよ。ちゃんと守るし」

「いいえ。アンバー、あの姿になって」

「へ？」

プラティナの声かけに、アンバーはひと鳴きして飛び上がり、空中でくるりと宙返りをした。

ぽん！　と何かが弾ける音とともに地面に着地したときには、セルティの孤島で見せてくれた少年の姿に変化していた。

「ふふん、どうだ。これならプラティナを守れるぞ」

「は……はぁぁ!?」

自信ありげに腰に手を当てるアンバーの姿に、ノースが悲鳴っぽい叫びを上げる。

周りに誰も居なくて本当によかったと思う。

「この子は、人の姿に変化できます。それだけじゃありません。本気になれば、私とアイゼンを乗せて飛ぶこともできます。何かあれば、アンバーに乗って逃げますから」

「ええぇ!?　そんなのありぃ？」

「アリだよ！　僕アンバーだよ！　どうだ、すごいだろう!!」

「嘘だぁ」

ノースは完全に理解が追いついていないらしい。目を白黒させながら、頭を抱えてしまった。

アイゼンは、プラティナとアンバーをじっと見つめ、深い息を吐きながらガシガシと頭を掻いた。

「本気なのか」

「はい。本気です。だって、市場で買い物をするだけですよ」

「薬草の真贋《しんがん》はどうする」

「神殿で薬草自体は見たことがありますし、力を使えば確認することが可能です」

用意した答えをプラティナが口にすると、アイゼンは黙り込んでしまった。

このまま押し通せるかと思ったが、頭を抱えていたノースが勢いよく顔を上げて近づいてきた。

「でも正規の価格はわからないだろう？　仕入れを失敗したら大損だよ」

「買うのは少量ですから大きな損害は出さないで済むと思うんです。もし失敗しても、その分たくさん薬を作りますから」

アイゼンとノースは、プラティナの決意の固さを感じたのか口をひきむすぶ。

アンバーだけは瞳をキラキラと輝かせ、嬉しそうに周りを走り回っている。

「大丈夫だよ。プラティナは僕が守るからさ」

「はい！　アンバーとなら大丈夫です！」

アンバーと手に手を取ってアイゼンとノースを見つめれば、二人はほぼ同時に溜息を吐いた。

「わかった」

「許しちゃうのぉ!?」

「仕方が無いだろう。こうなったこいつは頑固だ」

驚愕の表情を浮かべるノースを放置して、アイゼンがプラティナの前に立つ。

「アンバーから絶対に離れるな」

「はい！」

「チビ、絶対にプラティナから目を離すな。何かあったらすぐにつれて逃げろ」

「うん！」

力強く頷けば、アイゼンは深く溜息を吐いた。

ガシガシと再び頭を掻いたので、髪型が乱れてしまっている。

「俺とコイツがギルドで依頼の受け付けを済ませたらすぐに合流するから、なにがあっても市場から出ない。できるか」

「できます！」

「……わかった。市場はこの通りをまっすぐ行った場所だ。必要な素材のリストは俺が作る。それ以外のものは買うな。いいな」

「はい！」

「過保護すぎない？」

「うるさい」

ノースの突っ込みをアイゼンは一蹴すると、プラティナに向き合う。

ギルドから渡された一覧を確認し、さらさらと薬材の一覧を紙に書き出すと、革袋と一緒に差し出す。

「無駄遣いはするなよ。くれぐれも食べ物は買うな」

「はい！」

「もうそこまで言うならついてったほうが早くない？」

「ノースさんは黙っててください！」

「二人とも酷くない？　ねぇアンバーちゃん」

「お買いもの！　お買いもの！」

「せめて返事して」

うなだれるノースをまったく気に留めていないアンバーはプラティナの後ろをぴょんぴょんと飛び跳ねていた。

プラティナは渡された紙と革袋をにぎしりめて、大きく息を吸い込む。

「私、がんばります！」

「頑張らないでくれ」

＊＊＊

プラティナは目の前の光景に胸を躍らせていた。

港町の市場は、これまで立ち寄ったどこよりも店も人も多く盛況だ。潮の香りに混じって、スパイスや香料などの匂いが鼻をくすぐる。

歩く人々も、多種多様だ。思わず立ち止まってキョロキョロしていれば、アンバーが袖口を引っ張ってきた。

「プラティナ、立ち止まってると危ないよ」

「あ、そうだね。ありがとうアンバー。頼りになるわ」

「えへへ」

嬉しそうにはにかむアンバーと手を繋《つな》ぎ、市場の中を歩いて行く。

布や陶器、使い方すら想像できない不思議な道具。どうやって作ったのか色とりどりのガラスが球体にくみ上げられて、露店の天井から吊されていて本当に綺麗だ。

「薬草はどこで買えるのかしら」

「あっちが薬臭いよ。アイゼンも、薬草は市場の奥って言ってた」

「なるほど」

上着の内側に入れてある革袋の上をぎゅっと握る。

自分で使えるお金を持って歩くのは、プラティナにとっては初めての経験だ。

『金貨を二枚入れてある。相場が崩れていなければ、全部買っても一枚で足りる筈だが、予備として二枚だ』

子どもをおつかいに出すように言い含めるアイゼンの顔を思い出し、プラティナは小さく笑った。

ノースも、怪しい奴には気をつけろと何度も言ってきた。

せっかく別行動を提案したのに、このまま付いてきそうな勢いだったので、アンバーと二人、逃げるようにして振り切ってきたのだ。

「ちゃんとお買い物をして、私もできるってことを証明しないと」

アイゼンが旅の付き添いをしてくれるのは、最後の聖地までの約束だ。そのあとのことはまだ考えていないが、アイゼンに頼り続けるわけにはいかないことだけは確かだ。

笑顔でお別れするためにも、アイゼンを安心させてあげたい。そんな想いがプラティナの中に生まれていた。このお買い物はその第一歩なのだ。

「プラティナ、だいじょうぶ?」

「大丈夫。アンバー、ついて来てくれてありがとうね」

自分より頭二つほど小さなアンバーの頭を優しく撫でる。

アイゼンによく似た黒髪はフワフワしていて、とても手触りがいい。

「僕、プラティナ大好きだからずっと一緒にいたいもん」

「アンバー……」

「これからもず～っと一緒！　もし、プラティナが帰りたくないなら、どこにだって連れて行ってあげる」

　ぎゅっと胸の奥が苦しくなった。

それはプラティナがずっと考えないようにしていた未来の一つだ。

アンバーに乗って、ここではないどこかに逃げてしまうという選択肢もあるのでは、と。

「……ありがとう」

「うん」

無邪気に頷くアンバーと歩き続けていると、周囲の匂いがふわりと変わるのを感じた。

見回せば周囲の露店には、様々な薬草や素材が所狭しと並べられているのがわかる。

「このあたりで買えばいいのね」

「どこで買う?」

「そうね……」

　店の前に並んだ薬草はどれも品質に差は無いように感じる。だが、プラティナが欲しい素材は見当たらない。おそらく、店主に声をかけて出して貰わなければならないのだろう。

なるべく人の良さそうな店主の店をと視線を動かしていると、小さな女の子がプラティナの横を駆け抜けていくのが目にとまった。

その子は何かを握り締めているようで、胸の前で拳を握っていた。顔色が悪く、どうにも気にかかる。目で追っていると、ある露店の前で立ち止まる。

「おねがい。薬草をください。お母さんが、熱を出してるの」

女の子が店主に向かって手を差し出した。そこには銅貨が一枚だけ握られている。

「熱冷まし草が欲しいのか？　だが、残念だがそれじゃ買えない」

「おねがい。少しでもいいの。お母さんが、お母さんが……」

震える声で訴える女の子に、店主の表情が曇る。まわりの露店主たちも動揺している様子だが、だれも声をかけようとはしない。

プラティナは我慢できずに女の子に駆け寄った。

「大丈夫？　お母さんが熱を出したの？」

突然声をかけられたことに驚いたのだろう。女の子が涙に濡れた顔を上げる。

プラティナを見た女の子は大きな目をひときわ見開き、こくんと頷いた。その拍子に真珠のように涙が地面にこぼれる。

「昨日からずっとお熱なの。薬は高くて買えないし、薬草ならって……」

握り締めている銅貨は、彼女にとってなけなしのお金なのかもしれない。

女の子をなだめながらプラティナは店主を見上げる。

「あの……この代金分の薬草を売ってあげることはできないんですか？」

「それは無理な話だよお嬢ちゃん。たしかに薬そのものよりは安価だが、熱冷まし草は葉と根の両方を煎じる必要がある。一本で銅貨五枚が相場だ」

「そんな」

プラティナは思わず自分のお金を差し出しかけたが、アイゼンに言われたことを思い出し動きを止めた。

『もし、誰かのために金を使いたくなっても我慢しろ。施しや情けをかけるのは簡単だが、責任を取れないことに首を突っ込むな』

まるでこの騒動に巻き込まれることを予見していたかのような言葉が胸を刺す。

ここでプラティナがこの子のために薬草を買ってあげることは簡単だ。でもそれは正しいことなのだろうか。

どうすればいいか迷っていると、女の子が再び店主に向かって声を上げる。

「でも、このままじゃお母さんが。お願いします。あとで必ずお金は払いますから！」

「すまないなお嬢ちゃん。俺たちも商売をしている人間だ。気持ちはわかるが、あんたに情けをかければ次々に似たような手合いがやってきてしまう。商品が欲しかったら代金を持ってきてくれ」

店主の表情も辛そうだ。まわりの露店主たちも同じような顔をしている。

きっと女の子を見捨てるのは本意では無いのだろう。だが簡単に施しを与えれば、そのあとに起きる問題もあると知っているのだ。

軽々しく代わりに薬草を買おうとした自分が恥ずかしくなる。

「でも、でも……」

「悪いな。で、ソッチのお嬢ちゃんはお客さんかい？」

「はい、えっと……このリストにある薬草を一房ずついただけますか」

アイゼンが書いてくれた紙を手渡せば、店主は手早く薬草を揃えてくれた。

提示された金額もアイゼンの予測通り、金貨一枚で十分足りる額だった。

品を見る限り、薬草は本物のようだ。すこし萎れている気もするが、多少、質が悪くても力を使えば問題ないだろうと考えながら、プラティナは薬草を受け取る。

「ありがとうございます」

「まいどあり」

「僕が持つよ」

薬草が詰まった袋をアンバーが受け取る。

これで買い物は終わったとほっと息を吐きながらも、気になるのは女の子のことだ。

薬を買うのは諦めたのか、しょんぼりと肩を落としてとぼとぼと歩いて行く背中から目が離せない。

「プラティナ、いいの？」

アンバーも同じ気持ちなのか心配そうだ。

見捨てるのは簡単だ。アイゼンや店主が言ったように、責任を持てない情けや施しをするのはいけないことなのだろう。

それでも、目の前で困っている人を見捨てるのはどうしてもできそうになかった。

「追いかけよう」

「うん！」

プラティナの言葉に嬉しそうに頷いたアンバーに微笑みかけ、プラティナは女の子の背中を追いかける。

「待って。えっと、お嬢さん！」

「え？」

プラティナの呼びかけに女の子は驚いたように顔を上げた。

大きな目をぱちぱちと瞬かせながら、プラティナのことを不思議そうに見上げている。

「急にごめんなさい。私はプラティナで、この子はアンバー。ここには巡礼で立ち寄ったの。さっきのことが気になって追いかけてきたのよ」

まずは安心させるべく、自己紹介をすれば女の子は少し考え込んだ後、ぺこりと小さく腰を折った。

可愛らしいその動きにプラティナは頬を緩める。

「私はメルリといいます。えっと、この少し先の地区に住んで、ます」

「メルリね。よろしく」

「はい……？」

メルリはどうして声をかけられたのかわからないというような顔だ。プラティナとアンバーを見比べながら、不安そうに瞳を揺らしていた。

よく見ればずいぶんと痩せており、髪や肌が精彩に欠けていた。何か美味しいものを食べさせてあげたい。そんな庇護欲が胸をくすぐる。

「ええと、その……もしよかったら事情を教えてくれない？　お母さんがお熱なのよね？」

お母さん、という単語にメルリの表情が苦しげに歪む。まだ銅貨を握ったままらしい手を震わせ、メルリはぽつりぽつりと事情を語りはじめた。

メルリの父親は漁師で一度漁に出ると数日帰ってこないのが普通らしい。母親は小さな食堂で働いているが、数日前に雨に降られたあと熱を出して寝たっきりになってしまったそうだ。

「お父さんはまだ帰ってこないの。私、どうしたらいいのかわかんなくて」

「それは、心配ね。お母さんの様子は？　食事は取れてるの？」

「あんまり食欲も無いみたい。すぐ元気になるから心配しないで、って言ってる。でも、でも……」

話しているうちに不安が増してきたのだろう。メルリの目元に涙が溜まっていくのが見えた。

小さな身体でどんなに怖かったことだろう。

（やっぱり放っておけない）

「そうなのね。あの……私ね、少しだけ特別な力が使えるの。よかったらお母さんを治療させてくれないかな」

「えっ!?」

メルリは勢いよく顔を上げた。その瞳はきらきらと期待で輝いている。

どうやら提案を受け入れてもらえそうだと、プラティナは胸を撫で下ろした。

薬を渡すなり薬草を買って渡すだけというのも考えたが、もしメルリの母親が抱えている病気の原因が薬では治せないものだったら、結局は悲しませてしまうことになるかもしれない。

だったら自分で治療をしてしまえばいい。それがプラティナが考えた責任の取り方だった。

「いいのお姉ちゃん！」

「うん」

「嬉しい！　あのね、私の家はこっち！」

嬉しくてたまらないのだろう。メルリはプラティナの腕を引っ張るようにして連れて行こうとする。だがプラティナはソレをやんわりと制止しながらメルリの手を自分から握った。

「あのね。私、ここで人を待ってるの。勝手にいなくなったらその人たちが心配するから、それまで少し待っててもらっていい？」

「えっ……今すぐじゃ、駄目なの」

　再びメルリの表情が曇った。

　プラティナは慌てて首を振る。

「違うわ。私もアンバーもこの町に詳しくないし、待っている人たちも同じなの。行く先がわからないままいなくなったら心配させちゃうから。安心して、すぐに来るはずだから」

「……うん」

　納得し切れていないのか、メルリはスカートの裾を握って俯いてしまった。

　そんなメルリの顔を、アンバーが興味深げにのぞき込む。

「なんでそんな顔してるの？　プラティナは嘘なんて言わないよ。ちょっと待つだけじゃん」

　どうやらメルリの態度を、プラティナへの不信の表れだと感じたらしい。

　咎めていると言うよりは不思議でたまらないという顔だ。

　アンバーの問いかけが気に障ったのか、メルリがぎゅっと顔をしかめた。

「だって、お母さんは苦しんでるんだよ。いますぐよくなってほしいんだもん」

　メルリの気持ちは痛いほどにわかる。苦しんでいる家族を助けたい、助けて欲しい。そんな思いを全身から発している彼女にしてみれば、声をかけてきたプラティナは今すぐにでもすがりたい藁のようなものなのだろう。

　だが、プラティナもアイゼンとの約束を軽々しく破るわけにはいかない。信じて送り出してくれたのだから、せめて待ち合わせの約束だけでも守りたい。

「ごめんね。でも、私にも大事な人がいるの。その人たちを困らせないためにも、少しだけ待ってて」

「僕も一緒にいるからさ」

「……うん」

しょんぼりと項垂れながらも、メルリはもう一度頷いてくれた。

よかったと安堵したプラティナがメルリの手を握る。

その時だった。

「おい、あんたたち！」

焦りを帯びた誰かの声に、プラティナたちは弾かれたように振り返った。

＊＊＊

ギルドへ向かう道を歩くアイゼンとノースの間には人間が三人ほどは居るくらいの間が空いていた。

誰が見ても同行者だとは思わないだろう。

「そんなに不機嫌になるくらいなら付いていけばよかったじゃん」

「……プラティナの意志を尊重しただけだ」

「青筋立ててるくせにぃ。心配じゃないの？　聖女様は超がつく箱入りだよ？」

「黙れ」

ノースの言葉にアイゼンが荒れた返事をぶつけた。

よほど苛立っているのか、歩調も乱暴だ。

（心配に決まっているだろう！）

口には出さないだけでアイゼンだってプラティナのことを心配している。

幼少期は王女として育てられ、思春期を神殿でずっと生きてきたプラティナは、子どもだって持っているような常識すら持ち合わせていない。

旅の間、あれこれと説明して実際に目の前でやって見せたりはしたが、思い返せば自分でやらせたことは少なかったかもしれない。

こんなことなら、近くで見守る形でいろいろ経験させておけばよかったと後悔すら感じている。

（いや、でも彼女は余命わずかのはずだったんだ）

そう。プラティナは本来ならば明日をも知れぬ身だった。だから真綿で包《くる》むように大事にしてしまっていた。でもソレが今では違うとわかった。だから本人が望むように自由にさせてやるべきなのだ。

だが。

「とにかくさっさと受付を済ませて市場に行くぞ」

「べつに二人じゃなくてもよくない？　俺、先に市場に行って聖女様を見守っとくよ」

「駄目だ」

「なんでだよ」

「言っただろう。お前をまだ全面的に信用したわけじゃないとな」

「まだ疑ってんの!?」

「ギルドの意向は理解しているから敵だとは思っていない。だが完全に味方だという確証も無いだろう。お前とプラティナを二人きりにするのはよほどの緊急事態だけだ」

ノースが嫌そうに顔をしかめ、舌を出した。

「……独占欲の強い男はやだねぇ」

「は？　独占欲だと？」

「だってそうじゃん。今のアンタ、聖女様が自立するのも嫌だし、自分以外を頼るのも嫌だ！　ってガキみたいな顔してるぜ。アンタ本当に噂に聞いた冷静沈着な黒騎士さま？　そんなに大事なら聖地になんて行かずに連れて逃げちゃえばいいのに」

「……」

揶揄《からか》いを含んだノースの言葉に、アイゼンが足を止める。

（独占欲？　俺が？）

ぐるぐると頭をまわるノースの言葉に、思考がかき乱されていく。

プラティナのことが大事なのは事実だ。守りたいし庇護してやりたい。いずれ手放すという覚悟だってしてきたはずなのに。

「えっ、もしかして無自覚!? うわ、俺ってやぶへび？」

アイゼンの動揺に気が付いたらしいノースが、ワザとらしくあわあわと口を震わせた。

その動きにすら反応できないアイゼンは、手のひらで顔を覆ったまま天を仰いだ。

「……とにかく、ギルドに行くぞ。気になることもある」

「へいへい。仰せのままに」

急いでギルドに戻ると、既に通信魔法で依頼の受理を知らされていたらしい職員が、アイゼンたちを出むかえてくれた。

受付の時に話した女性の職員ではなく、痩せた男の職員が嬉々とした様子で近づいてきて書類を差し出してくる。

「助かりました。あの依頼は二日前に持ち込まれたモノだったんですが、あまりに急ですし日数が未定ということもあって受けてくれる人がいなかったんですよ」

「あの依頼はアンタが受理を？」

「ええ」

なんでもあの船長はかつてギルド専属の船員だったらしく、職員とも付き合いが古いのだという。

書類にサインをしながら、アイゼンとノースは職員の昔話に耳を傾ける。

腕は確かで人情に厚く多少の無理なら聞いてくれることから、ずいぶんと信頼している相手らしい。

書き終えた書類を職員に手渡しながら、アイゼンはずっと気になっていた質問を職員にぶつけた。

「ところで聞きたいんだが、なぜギルドで保管してやらないんだ？」

隣に立っていたノースが「あ」と声を上げた。アイゼンの疑問の理由に気が付いたらしい。

ギルドは様々な依頼に応える。特殊な素材の買い取りや販売、仲介もその仕事のうちだ。あの船長がどれほどの量の薬草を運んできたかはわからないが、わざわざ倉庫を借りて護衛を雇うような手間をかけるよりも、ギルドに荷物を預けてしまえばよかったのだ。

「こちらも最初はそれを提案したんです。ですが、相手の商人が品をギルドに預けるのを嫌がったんです」

「何故だ？　手数料が惜しいのか？」

「わかりません。あくまで私たちは依頼を受けるだけなので、深くは追及できなくて」

職員も理由がわからないのだろう。首を捻りつつ書類の受理手続きを進めていた。

（薬草の代金はギルドに預けることになっている。つまりギルドを避けているわけではない）

ずいぶんと矛盾の多い依頼だ。そもそも特殊な薬草が欲しいなら、わざわざ船乗りに依頼するのではなく、それそのものをギルドに発注すればいいのに。

「ではこれで受付は完了です。期間は今日の正午から三日後の朝まで。それよりも早く取引が終わった場合は、この受領書にサインをしてもらってください。それをギルドで確認すれば、早期終了になります。日数にかかわらず、依頼料は一定。問題ありませんね」

「ああ。三日過ぎても商人が来なければ薬草はギルドに卸すと言うことで問題ないんだな」

「はい。その時は鍵をこちらまでお持ちください。依頼料は薬草の売買価格から差し引く形で処理しますので」

「わかった」

アイゼンは頷きながら受領書を受け取り懐にしまうと、ノースを伴いギルドを出る。

正午までにはまだ時間があるが、あまりゆっくりはしていられないだろう。

なにを打ち合わせるわけでもなくアイゼンとノースは足早に歩き出す。二人が向かうは市場だ。

人から見れば走っているような速度でありながらも、その歩調は乱れず息さえ切らさずアイゼンたちはずんずんと進んでいく。

「なぁアイゼン。この依頼、なんか胡散臭《うさんくさ》くない？」

「お前もそう思うか」

「ギルド嫌いの商人がいるのも事実だけど、流石に不自然だって。受けて大丈夫なの？」

探るようなノースの言葉にアイゼンは肩をすくめる。

危険なことに関わるつもりは無かったが、依頼料の高さに気を取られ厄介な案件に関わってしまった可能性は高い。だが。

「いざとなれば力で解決すればいいだけの話だ」

「うっわ、怖い発言」

そう答えるノースの表情にも好戦的な色が宿っている。

なんだかんだと二人はこれまで実力で問題をねじ伏せるような生き方をしてきた。今回もそうすればいいだけの話だ。

「プラティナには余計なことを言うなよ。あいつは善良すぎる」

「了解。聖女様には心配かけたくないしね」

ヘラッと笑うノースの顔には、隠し切れないプラティナへの好意が滲んで見えた。

アイゼンはその顔に腹の奥からどす黒い何かが湧き上がってくるのを感じながらも、急いで目をそらす。

誰かがプラティナを想う気持ちを咎める権利などないのに。

調子が狂う、と小さく舌打ちしながら歩いて行けば、市場の入り口が見えた。

特に何か騒動が起きている気配がないことにほっと息を吐きながら近づき、プラティナの姿を探す。

「あの石を使えば？」

石とはノースが神殿長の息子から奪った石のことだろう。おそらくは女王が作ったプラティナを発見するためだけの魔道具。

「いや、止《や》めておこう。どんな仕掛けがあるかわからん」

「それもそっか」

「これは砂漠にでも埋めるつもりだ」

そんなことを話しながら市場の中を歩いていると、女性の悲鳴がアイゼンの耳に届いた。

人混みの少し先から聞こえた、覚えのある声に弾かれたように顔を上げた。

ノースも同じ声を拾ったのだろう。目を見開きそちらを凝視している。

地面を蹴るのは二人同時だった。人混みをかき分け、悲鳴が聞こえたところまで一瞬で駆けつける。

「……！」

そこには地面に座り込んだプラティナがいた。

髪の毛は乱れ、額には汗が滲み、頬と目元がうっすらと赤い。

肩で息をしながら、苦しそうに眉を寄せ、汚れた服の土を払っている姿に、心臓がわしづかみにされたように痛んだ。

次いで湧き上がったのは殺意にも等しい怒りだ。

「プラティナ！」

「プラティナちゃん！」

ノースも同じ思いなのだろう。怒気混じりの声が綺麗に重なる。

「え、あ、アイゼン、ノース」

呼ばれて驚いたように顔を上げたプラティナが、ぱちりと大きく瞬いた。

その瞬間、目尻に溜まっていた涙がぽろっとこぼれ落ちる。

アイゼンは頭の血管が切れる音を間違いなく聞いた。

「誰だ。言え、殺してやる」

「俺にも教えて。死ぬよりつらい目に遭わせてやるから」

「えっ、ちょ、二人ともどうしたんですか」

スカートの土埃を払いながらプラティナが慌てたように立ち上がる。

アイゼンは傍に駆け寄ると、懐から出したハンカチで目元の涙や汗を拭いながら、怪我をしていないかをしげしげと確認した。

ノースに至っては、ぶつぶつと何かをつぶやきながらスカートや靴の汚れを払ってやっている。

「嗚呼《ああ》、こんなに汚れて……許せない……俺の聖女様に……」

「アンバーはどこだ。まさか捕まったのか？」

「もう！　話を聞いて下さい！　なにを勘違いしているんですか！」

「は？」

真っ赤に染まった思考を打ち切ったのは、プラティナの声だった。

毒気を抜かれた気持ちでその顔を見れば恥ずかしそうに頬を染め、珍しく眉を吊り上げている。

「私はあの子たちと遊んでいただけです！　アンバーもあそこにいます」

プラティナが指さした先には、数名の子どもと戯れているアンバーの姿があった。

市場の中央にある小さな広場で、子どもたちが両手を繋ぎあって大きな円を作りくるくると回っている。

きゃあきゃあと甲高い悲鳴は、先ほど聞こえたプラティナの声とまったく同じ音色で。

「アイゼンたちを待つ間、あの子たちと遊んでてくれないかって頼まれただけです！　さっきまで一緒に回ってたんですが、疲れて休んでたんです！」


時間はプラティナとメルリがアイゼンたちを待つと決めたところまで遡る。

市場の入り口で二人に声をかけてきたのは、小太りの中年女性だった。真っ白なエプロンを身につけ、髪を高い位置でひとまとめにしている。

「ねぇ。アンタ、誰かを待ってるのかい」

「えっ、はい」

突然話しかけられプラティナが困惑した表情を浮かべていると、すかさずアンバーが庇うようにプラティナの前に立ちはだかる。

小さな背中だというのに本性が龍ということもあり、どこまでも頼もしく感じてしまう。

だが今のアンバーはただの子どもだ。庇わせるわけにはいかないとプラティナは慌ててその肩に手を伸ばす。

「アンバー、大丈夫よ」

「でも……」

不安そうな顔をするアンバーに微笑みかけ、プラティナは女性に向き直った。

「私たちに何か御用でしょうか？」

「御用ってほど大したもんじゃないんだけど……その子たちは連れだろう？　アンタ、子どもの扱いに慣れてるんだよね」

「ええと」

話の着地点が見えず、プラティナは困ったなと眉を下げる。

女性からは敵意や悪意のようなものは感じない。こちらの油断を誘っている可能性もあるが、それにしても会話の流れがよくわからない。

「実はね、私は普段ここの市場に店を構えてる人たちの子どもを預かってるんだ。ほら、小さい子は商売の邪魔だろう？　かといって家に置いておくわけにはいかない年頃の子どもを持った店主は案外多くてさ」

「はぁ」

「だから持ち回りで子守をしてるんだよ。ほら」

女性が指さした先は小さな広場になっており、アンバーやメルリたちと同年代の子どもたちが数名遊び回っている。

可愛らしい笑い声に、プラティナは思わず頬を緩ませる。

神殿では子どもの姿を目にすることはなかった。たまに見かけても病や呪いで苦しんでいる子どもか、炊き出しにやってくる痩せた子どもばかりだ。

健康的に太陽の下で遊んでいる子どもの姿は見ているだけで気持ちが温かくなってくる。

「今日は私が当番なんだけどね。ちょっと急用が入って小一時間ほど市場を離れなきゃならないんだ」

「それは大変ですね」

「そうなんだよ。ちょうどこの時間は市場も客が多くて誰かに頼める空気じゃなくてね。そこで、さっきアンタとその子が話してる声が聞こえたんだよ」

それはプラティナがメルリにここでアイゼンを待つと言った時のことだろう。

「ほんの一時間ほどでいいんだ。私が戻るまで、ついでに子どもたちを見ててくれないかい」

「え!?　私がですか!?」

唐突すぎる依頼にプラティナは高い声を上げた。

顔見知りならともかく、いまここで初めて顔を合わせた他人に子どもを託すなどありえるのだろうか。

「でも、私は旅のもので……」

「私は人を見る目には自信があるんだ。アンタはどう見ても悪人じゃないし、人をだませるようには見えないからさ。その子たちを遊ばせるついででいいんでちょっとだけ頼むよ。駄賃ははずむからさ」

「だちん？」

ソレは一体何だろうとプラティナが首を傾げていると、女性はからからと明るい声を上げた。

「アンタおもったよりも育ちがいいんだね。お礼だよお礼。少しだけどちゃんとお金は払うから。私もなるべくすぐに帰ってくるから、頼んだよ」

「えっ、あ、待って！」

颯爽と走り出してしまった女性を見送りながら、プラティナは呆然と立ち尽くす。

嵐に巻き込まれたように呆然としていれば、誰かがスカートの裾を引いたのを感じた。

「お姉ちゃんが遊んでくれるの？」

舌っ足らずな声に視線を落とせば、アンバーよりも頭一つほど小さな男の子がニコニコと笑いながらプラティナを見ていた。

愛らしいその表情につられて笑顔を返せば、他の子どもたちもわらわらと集まってきた。

「あそぼ、あそぼ」

可愛らしい声で口々に誘われて断れる気がしない。

しかし自分にはメルリと一緒にアイゼンを待つという使命があるのだからと、表情を引き締める。

「ごめんね。私、人を待ってるの。君たちのことは見ててあげるけど、一緒に遊ぶのは……」

「僕、遊びたい！」

「アンバー!?」

「メルリも少しだけ遊ぼうよ。じっとしてるよりずっといいよ」

「えっ、でも……」

「ほら！」

目を輝かせたアンバーが、暗い顔をしていたメルリの手を引いて子どもたちの輪に加わった。

市場の子どもたちは見知らぬ相手と遊ぶことになれているのか、一瞬でアンバーたちを受け入れ笑いながら遊びはじめた。

最初は母親のことが心配なせいでイマイチ輪に加われないでいたメルリも、やはり子どもということなのか、周りの雰囲気に釣られて笑みを浮かべて遊びはじめてしまった。

「えっと……」

完全に取り残されたプラティナは、市場の入り口を振り返る。

まだアイゼンたちが来る様子はないし、太陽の位置から見ても正午まで時間はある。

先ほどの女性が言葉通り一時間ほどで帰ってきてくればきっと問題ないだろう。

「しかたないか」

これも何かの縁なのだろうと思いながら、プラティナは子どもたちを見守ることにしたのだった。

が、ただの傍観者でいられたのは最初だけだった。

ぽつんと立ち尽くすプラティナに気づいた子どもの一人が「あそぼう」と手を引いて輪に引き入れてしまったのだ。

結局、断るタイミングを逃したプラティナは子どもたちの遊びに巻き込まれ、涙が出るほどに笑ったり汗をかくほどに走り回ることになったのだった。

「勝手に子どもたちを預かるようなことになってしまったのはごめんなさい。でも、約束通り市場からは出ませんでしたから！」

「はい」

「まって、じゃあプラティナちゃんは子どもたちと遊んでただけってこと？」

「その姿はどうした。ぼろぼろじゃないか」

「これは、その……さっきまであの中にいたんですけど、倒れちゃって。疲れて少し休んでたんです」

ただ手を繋いで輪を描きまわるだけという遊びとも呼べない行為だったが、全力でやってみると案外疲れるし楽しいものだということをプラティナは初めて知った。

慣れない動きに足をもつれさせ倒れ込んだので、少し離れた場所で休んでいただけだ。

だというのに、やってきたアイゼンとノースが凄い形相で意味の分らないことを言ってくるものだから、プラティナとしても訳がわからないとしか言いようがない。

「二人はなにをそんなに怒ってるんですか？　誰か言えって言われましても」

そういえばあの女性の名前すら聞いていなかったことを思い出す。

子どもたちの名前は会話の中で聞いて覚えたが、短い時間だったので正確に顔と一致させられる自信は無い。

もしかして怒られるやつだろうかと、どきどきしながらアイゼンたちを見れば、二人は顔を覆って天を仰いでいた。

「あー……」

「うわ、恥ずかし……えっ、嘘だろ」

溜息にも似た長いうなり声を上げるアイゼンと、なにかをぶつぶつと呟くノース。

二人の奇っ怪な姿をプラティナは不思議なものを見るように見つめていたのだった。

それから数分もたたず先ほどの女性が約束通り戻ってきた。

子どもたちを見ていてくれたお礼だと、銅貨四枚と焼き菓子の詰め合わせを渡される。

「急に頼み事をしちゃって本当に悪かったね」

「いえ、私も楽しかったです」

「ねえおばちゃん。いくらなんでも不用心すぎない？　プラティナちゃんだからよかったけど、悪いやつだったら子どもたちに何かあったかもしれないじゃん！」

不機嫌なのを隠そうともせず問いかけるノースに、女性は一瞬驚いたように目を丸くしたが、すぐにからからと大きな声で笑った。

「ここで何十年も店を構えてる経験から、その人の人となりってやつが大体わかるんだよ。子どもたちを任せても大丈夫だってね」

「なにそれ……」

女性の発言にノースがぐったりとその場に座り込む。

アイゼンは怒ることすら諦めたのか、腕を組んでプラティナを見下ろすように正面に立つ。

その鋭い視線にプラティナは身を縮こめて小さくなった。

「まったく。君はどうして簡単にトラブルに巻き込まれるんだ」

「そういうつもりはないんですが……」

「今回は何ごとも無かったからよかったが、次からは知らない人間からの頼み事は断れ。わかったな」

「はい。すみません……アッ」

素直に謝ったところでプラティナは大切なことに気が付く。

ゆっくりと振り返れば、アンバーと手を繋いでこちらを見ているメルリの視線が、痛いほどに突き刺さる。

じわっと額に汗を滲ませたプラティナに、アイゼンがすっと目を細めた。

「その『アッ』はなんだ。まだなにかあるのか」

「えっとですね。実はですね……」

視線を思い切り彷徨わせながら、プラティナはメルリと交わした約束について口にしたのだった。

すべての話を聞き終えたアイゼンは盛大に溜息を吐くと、大きな手でプラティナの頭をがしりと摑んだ。

「どうして君はそうなんだ。俺の言ったことを忘れたのか」

「ひ、ひえぇ。ごめんなさいぃ」

痛くはないが圧はある。情けない声で謝れば、慌てたようにアンバーが駆け寄ってきた。

アイゼンの腕に両手でしがみつくと思い切り頰をふくらませる。

「プラティナは優しいの！　僕はそんなプラティナが好きだよ！　アイゼンだって好きでしょ！」

「なっ……」

「えっ……!?」

アンバーの問いかけにアイゼンがぐっと喉をならし、プラティナの頭から手を離した。

「そ、そういう問題じゃない。プラティナの優しさは確かに美徳だが、今は旅の途中だ。困っている人間を全員救えるわけでは無いだろう」

「でも、メルリくらいは助けてもいいじゃん!!　僕はプラティナに助けてもらって嬉しかったもん！」

「アンバー……」

はじめて出会った時のアンバーは心ない密猟者に襲われ傷だらけだった。

あの日、プラティナたちが見つけていなかったらそのまま弱って命を落としていたかもしれない。

「アイゼン。私からもお願いします。今、私がいただいた銅貨とメルリが持っている銅貨を合わせれば、熱冷まし草が買えます。それを煎じて飲ませてあげたいんです」

「お姉ちゃん……！」

ずっと黙っていたメルリが声を上げた。

瞳を潤ませ、スカートを握り締める姿はとても儚げだ。

今の今まで遊びほうけてしまった罪悪感もあるのだろう。巻き込んでしまった申し訳なさに、胸が痛む。

「このお金をどうか使わせてください」

身勝手なことを言っている自覚はある。

だが、このお金はメルリがいなければ手に入ることはなかったお金だ。メルリのために使ってあげたい。

「……それは偶然とは言え君が稼いだものだ。好きに使えばいい」

「アイゼン！」

「だが、薬草を買うだけだ。それ以外は許可できない」

「えっ……」

「もうすぐ正午だ。俺たちには仕事がある。一度引き受けた依頼をほうり投げるわけにはいかない」

「それ、は……」

「全員で戻らなければ、船長だって不安に思う。わかるな」

「……」

正論だった。メルリの住まいがここからどれほど離れているかはわからない。薬草を煎じる時間や、飲ませる時間まで考えれば正午などあっというまに過ぎてしまうだろう。

今回の依頼は、旅を続けるために受けたものだ。その旅はプラティナが望んだ巡礼のため。これ以上、アイゼンたちを振り回せるわけがない。

「わた、し」

「君の気持ちはわかる。だが、薬草を買う時間しか無いこともわかってくれ」

それでいいのだろうか。ただ物を与えただけで片付けてもいいのだろうか。

迷いが胸の中でぐるぐると渦巻く。

いつの間に傍に居たのか、メルリがプラティナの手をぎゅっと握ってきた。

「お姉ちゃん、大丈夫。私、ちゃんとお薬作れる。お母さんに飲ませるから」

「メルリ」

「ありがとう、お姉ちゃん」

声を震わせるメルリに頷き返したプラティナは、先ほどもらった銅貨をその手に握らせた。

「買うところまでは付き添わせて。私、薬草を見る目はあるの」

「うん」

「俺たちも付き添おう」

そうして再び薬草を扱う店に戻れば、店主は一瞬不審そうな顔をしたものの、メルリがちゃんと代金を持っていることに安堵したらしく素直に熱冷まし草を売ってくれた。

プラティナが受け取った薬草はやはり少ししなびているが、質は問題なさそうだった。

「……………はい、これ。ちゃんとお母さんに飲ませてあげてね」

「うん！」

薬草を受け取ったメルリは嬉しそうに頷いた。

市場の入り口で別れて見送ったあとも、何度も何度もこちらを振り返って手を振ってくる。

その可愛らしい姿にプラティナがほのぼのしていると、隣にいたアイゼンが小さく咳払いをした。

「あの薬草に力を使っただろう」

「あ、バレました？」

「わかるさ。君の考えていることくらい」

「ちょっとだけですから」

メルリに手渡した薬草には聖なる力をたっぷり注入しておいた。

アレを煎じて飲めば、命に関わる病以外はほぼ完治するはずだ。

「本当に君は……」

「勝手なことをしてごめんなさい」

「別に謝らなくていい。らしいと言いたかっただけだ」

アイゼンの手が優しくプラティナの頭を撫でた。

その温かさに、頬がじんわり熱くなる。

「二人とも、そろそろ行こうよ。時間になっちゃうよ」

少し離れた場所に立っていたノースが声をかけてきた。

アンバーに至っては待ちくたびれたのか少し眠そうだ。

「そうだな。行くか」

「はい！」


港に着いたときには、太陽はほぼ真上まで昇ってきていた。

アンバーは変身に疲れたのか途中で元の小さな姿に戻り、ノースの肩に乗って休んでいる。なんでもアイゼンよりも安定感があるからと気に入ったらしい。ノースもアンバーに気に入られたのがまんざらでもないようで、小さな頭を指先で撫でてやったりとしている。

船の前まで来ると、別れたときと同じように船長たちが待ち構えていた。

「待たせたな」

「いいや、丁度だ。ギルドから連絡があった。どうか仕事を頼むぞ」

仕事を任せられる相手が見つかったことに安心したのか、船長は先ほどに比べてずいぶんにこやかだ。

これまで夜間は交代で倉庫の見張りをしていたというのが、必要なくなるのも嬉しいのだろう。

「あんたたちのおかげで無事に出港できそうだ。助かったよ」

「次はどちらに行かれるのですか？」

「この海の向こうにある諸島に荷物を運ぶ仕事だ。普段は別の船が請け負っているんだが、少し前に起きた嵐で船が壊れたらしくてな。早く行ってやらないと、島の住人たちの生活に不便が出てしまう」

生活用品を運搬するのだと語る船長の表情はどこまでも明るい。今にも船の碇を揚げそうな勢いだ。

だがそれを止めるように、アイゼンが鋭い視線を船長へと向けた。

「最後に一つ確認したいことがある」

「ん？　なんだ？」

「薬草を買いに来る商人のことだ。ギルドに荷を預けるのを嫌がったのはその商人だと言うが、どうしてそんな相手の依頼を受けたんだ。あんたはギルドで仕事をしていたんだろう？」

なんのことだろうとプラティナがノースを振り返れば、彼は人差し指を立てて微笑んだ。どうやら黙って聞いているべき話らしい。

再びアイゼンへと視線を向ければ、腕を組んでじっと船長を見つめていた。

船長はその視線を受けて、先ほどまでとは表情を一変させている。

「……どうしてそんなことを気にする？」

「こちらもリスクは負いたくないからな。もし事情があるなら聞いておきたいだけだ。その商人とやらが信用できるのかどうかも怪しい。だいたいおかしいだろう。ギルドに品は預けないが代金はギルドで預かるなんて。品物をギルドに見せたくないとしか思えない。あの倉庫には何の薬草が詰まってるんだ」

「希少な薬草だ。ギルドで品名を見たんじゃないのか」

追及に船長がふっと視線を逸らした。どうやら後ろめたいことがあるらしい。

アイゼンは声を低くして更に詰め寄る。

「ああ。ギルドで査定予定の薬草一覧は見た。だから余計に不自然だと言っている。確かに高価な薬草だが、護衛を雇うほどとは思えない代物だ。他に何か隠してるんじゃないのか」

「何も隠してなどいない」

「だったら今すぐギルドの職員を呼んで薬草を検品させろ」

「そんなことできるわけないだろう……っ！」

そこまで言って船長は慌てて口を押さえる。

どうやらうっかり口を滑らせてしまったらしい。

周りの船員たちも気色ばんだのが伝わってくる。

「やはり禁制品か」

「禁制品？」

言葉の意味がわからずプラティナが首を傾げれば、ノースが近づいてきて口を開いた。

「禁制品ってのは売ったり買ったり運んだりってのが禁止されてる品のことだよ。ギルドが決めてる物もあるけど、国ごとに決められてる品も多いよ」

「そんなものがあるんですか」

「案外あるんだよね。数が少なくなってる動物の毛皮や角なんかもだし、特殊な鉱石なんかもあるかな。一番多いのは植物。固有の植物は勝手に持ち運びしたら生態系を壊しかねないし、希少なものも多いしさ。シャンデは結構取り締まりが厳しいんだ」

「色々あるんですねぇ」

感心しながら呑気な返事をすれば、アイゼンがちょっと苛立ったような咳払いをした。

プラティナは慌てて背筋を伸ばし、口を閉じる。

「お前たちはその商人から禁制品の取り寄せを依頼されたんだろう。ギルドに保管を頼めば、品を検品されるからな。禁制品を取り扱ったとわかれば一大事だ。だから倉庫を借りたんだろう」

「……もし商人が来なければギルドに売る約束になっているんだぞ」

「その時はお前たちは海の上だろう」

人の悪そうな表情を浮かべたアイゼンが、船長たちを睨み付ける。

「諸島に荷物を運ぶと言っているが、ソレが終わったらこちらには戻らず海向こうの大陸にでも逃げる気なんじゃないか？　薬草の正体はシャンデに持ち込みが禁止されている植物といったところか。国外でなら合法だから、戻ってこなければ追いかけてまでは罰せられないと踏んだな」

にわかには信じられない話だとプラティナはアイゼンと船長たちを見比べる。

彼らの態度や、口調からは悪意の類いを感じない。心から誰かを助けたいと思っているとしか思えないのに。

もしアイゼンの言うことが本当ならどうしようと、プラティナは無言で手を握り締めた。

「出港を決めたのは禁制品をずっと預かっているのが怖くなったからだろう。荷を捨てるという選択肢もあったがそれは躊躇われた。金が入る可能性に賭けて今回の依頼を思い付いたんだろう。運が良ければ取引が成立するからな」

「馬鹿にするな！　俺たちはそんな汚い真似《まね》はしない」

「だったら今すぐギルドの職員を呼んで品を検品させろ。本当のことを話してもらわなければ、俺たちだって安心できない」

「……俺たちを脅す気か」

船員たちの目つきが変わる。肩をぐるぐる回しながらこちらを威嚇するような動きをしたり、スコップを掲げて見せたりと明らかに好戦的な態度だ。

「いや。そんな面倒なことはしない」

「は？」

あっさりと応えたアイゼンに、船長がぽかんとした顔になる。

船員たちも毒気を抜かれたのか動きを止めて目を丸くしている。

「俺たちも訳アリでな。しっかりと依頼料さえ払ってもらえれば問題ない。心配してるのは、その商人とやらがどんな人間かだ。禁制品を欲しがるようなやっかいな相手だ。俺たちを脅してこないとも限らないだろう」

「彼らはそんなことはしない！」

「だったら事情を話せ。場合によっては協力してやる」

アイゼンの問いかけに船長は何かに迷うように視線を泳がせた。

しばしの沈黙の後、長い溜息を吐き出した船長はその場にどかりと座り込んでしまった。

「まさかお前みたいな勘のいい冒険者が来るなんてな。こんなことならギルドに鍵を預けるだけにしとけばよかったぜ」

悪いことはできねぇもんだと呟きながら、船長は今回のことのあらましを話し始めた。

「そもそもの発端は、この国を今の女王が治めるようになったことだ。女王はこの国に元々住んでいた少数部族を迫害し、彼らからいろいろなものを取り上げたんだ」

女王という名前にプラティナが息を呑む。

アイゼンとノースもわずかに身体を硬くしたのがわかった。

「彼らは草の民と呼ばれている。元々は王都近くにある渓谷に住んでいたが女王によって住まいを追い出され、今は山向こうの砂漠に近い場所に集落を構えている」

「砂漠近くに……？　人が住める場所ではないと聞いたが」

「そうだ。自然を愛する彼らからしてもかなり過酷な地域らしい。そんな彼らは、今は滅びた古い魔法を未だに継承している希少な存在でな。俺が頼まれたのは、その魔法に使う特別な植物なんだ」

「魔法に使う植物？」

「龍の雫という花だ。花びらに魔力を宿した特殊な花なんだが、女王の統治がはじまった途端に毒性があるとされてこの国では根絶やしにされて禁制品になったんだ」

何もかもが初めて聞く話だった。王女として城で暮らしていたときもそんな花の存在は聞いたことも見たことも無かったように思う。

「そんな花、聞いたことがないぞ」

「私もです。ノースは知っていますか」

「聞いたことないなぁ？　ギルドで働くようになって長いけどまったく知らないや」

「だろうな。希少な花だし、一般には流通していない。俺も一度だけ見たことがある程度だ。彼らから依頼を受けなければ思い出しもしなかっただろう。そもそも禁制品にされていたことさえ知らなかった」

何故レーガは龍の雫を根絶やしにした上に禁制品にしたのだろうか。

これまでのことを考えると、自分たちになにも関係が無いように思えないのが少し怖い。

「この国では絶えてしまった龍の雫だが、ある国ではまだ自生していてな。それを知った草の民が、どうしても手に入れたいと俺に依頼をしてきたんだ」

「よく受けたな」

「昔、世話になったことがあってな。恩返しだな」

本来なら禁制品を運ぶことはかなり危ないことだ。発見されれば、よくて罰金。運が悪ければ禁固刑もありえる。この港に着岸を禁止されてしまうかもしれない。

だが、そんな危険を冒してまで返したい恩が船長にはあったのだろう。

「その草の民はどうして龍の雫を欲しがっている？」

「彼らの使う魔法は、自然の力を借りるんだそうだ。その媒介に龍の雫から採れる花蜜を使うんだ。

これまでは蓄えていたものを使っていたが、十年という月日のせいでもう底を突きかけているらしい」

「なるほどな……」

「俺たちだって叶うなら彼らを信じて待っててやりたい。だが、諸島に荷物を運ぶ依頼が来てしまった。俺たちが受けなきゃ、島の住人たちの生活に影響が出てしまう」

船長の表情は真剣だった。その口調からも、その人たちを信じているのが伝わってくる。

アイゼンが最初に言ったように、禁制品の運搬から逃れたかったという気持ちも嘘ではないのだろうが、それ以上に誰かを助けることに誇りを持っているのが伝わってくる。

「決して逃げようなんて思っちゃいない。彼らは必ず来ると信じているし、そもそも三日を過ぎても引き取りに来なければギルドに品を預けるようにと提案したのは彼らなんだ」

「何故そんなことを」

「なんでも龍の雫ってのはある程度日数が経つと完全に萎れて、ただの雑草に見えてしまうらしい。あの箱には龍の雫の存在を隠すために他の薬草も詰めてあるからな。ギルドの職員が見ても、存在には気づかないだろうとな」

「本物を見たことがないなら余計に、ということか」

「そうだ。もし自分たちが間に合わなかったときに、俺たちが損をしないようにとしっかりと考えてくれた連中なんだ」

噛みしめるように言葉を紡ぐ船長の表情はどこまでも優しい。

草の民を本当に信用しているのだろう。

「……疑って悪かったな」

「え？」

「まさかそこまでの覚悟をしてるとは思わなかった。すまない」

素直に謝ったアイゼンに、船長たちがぽかんと口を開け固まる。

「さっきも言ったが俺たちも訳アリだ。旅が脅《おびや》かされるような事態は極力避けたい」

アイゼンは少しでも手元に入る金が高い仕事を選んでくれたのだろう。

まさかこんなにも複雑な依頼に関わってしまうとは想像しなかったのだろうが。

船長たちもソレを察したのか、複雑そうな表情を浮かべていた。

「変なことに巻き込んでしまって悪かった。もしアンタたちが嫌なら依頼は降りてもらって構わない」

「いや受けよう。これも何かの縁だ。俺たちも女王とは訳アリでな。他人事《ひとごと》とは思えない」

「ほんとうか！」

「ああ。その草の民とやらが来るまで、しっかりと倉庫は守ってやるよ」

「たすかる!!」

そうしてアイゼンと船長は固く握手を交わしたのだった。

出港する船長たちを見送ったあと、プラティナたちは渡された鍵を持って倉庫に向かった。

細長いレンガ造りの倉庫はいくつかの区画に分かれており、船長たちが借りているのは一番端だった。

鍵を開けて中に入れば、いくつもの木箱が積まれていた。龍の雫が入っている箱は、船長と草の民だけがわかる暗号が書かれているらしいが、プラティナたちには見分けが付かなかった。

「じゃあ約束の商人が来るまでは交代で見張りってことでいいかな」

「そうだな。まず最初は俺が見張りをしよう。お前は、プラティナを連れて宿に帰れ」

「えっ！」

「まじで！　いいのおぉ！」

アイゼンの指示にノースがぱっと顔を明るくさせる。

うとうとしていたアンバーが驚いてぷうぷうと泣きながらプラティナの腕の中に飛び込んできた。

「ああ。その代わり夜はお前が見張れ。俺よりも夜目が利きそうだな」

「オッケー。そういうの得意だから任せてよ。アンバーもいっしょに見張りしような」

『え～僕はプラティナと一緒がいいなぁ』

「じゃあ私も夜の見張りを担当します！」

「駄目だ」

食い気味に却下され、プラティナはぺしゃりと眉を下げる。

「君はゼットのところで薬を作れ。チビはプラティナの側から離れるな」

『はーい』

「じゃあ俺たちが昼夜交代で見張りってコト?」

「ああ。その方が効率がいいだろう」

「りょーかい。異論無し」

あっというまに話がまとまってしまい、プラティナは蚊帳《かや》の外だ。

見張りの手伝いくらいはできるとは言いたかったが、実際大した役には立てないし、薬作りも大切な仕事なのはまちがいない。

自分にできることをすべきなのはわかっているが、少しだけ恨めしい気持ちになる。

「そう拗ねるな」

そんな気持ちを読んだように、アイゼンがプラティナに声をかけてきた。

「君の薬には期待しているんだ。両方が無事に成功すれば、最後の聖地だけじゃなくて、どこへでも……」

「どこへでも……?」

思わず言葉を反芻すれば、アイゼンが口元を押さえ目をそらしてしまう。

その続きが聞きたいとプラティナは思ってしまった自分に驚きつつも、アイゼンから目が離せなくなる。

まるで、望めばどこにだって連れて行くと言ってくれているような気がして、体温がじわりと上がるのを感じた。

結局、アイゼンはそれっきり黙ってしまい、プラティナはノースと一緒にゼットの宿屋に戻ることになったのだった。

「プラティナちゃん、俺がちゃんと送り届けるからね」

「よろしくおねがいします」

にこやかな笑顔につられるように微笑めば、ノースがおどけるように両手をヒラヒラと泳がせた。

「いや～でも今でも夢みたいだ。聖女様と一緒に旅ができるなんて」

「私はもう聖女じゃありませんから」

「まあ肩書きはそうなんだろうけどね。俺にとってはプラティナちゃんは唯一無二の聖女様だよ」

「……どうしてそこまで」

ずっと疑問だった。どうしてノースはこんなにプラティナを慕ってくるのかと。

「うーん。理由は色々あるんだけどね。プラティナちゃんが作ってくれた薬が、俺の大事な家族を助けてくれたのが最初かな」

「えっ!?」

「プラティナちゃんが神殿で作ってた薬はね、王都の人間にとっては救いだったんだよ。貴族の連中は大っ嫌いだけど、王都に暮らす連中はみんな聖女様のことが大好きだよ」

「あ……」

じわ、っと先ほど感じた熱が再び胸の中にこみ上げてくる。

聖女としてただ力を搾取されるばかりではなく、こうやって信じてくれていた人がいたという事実が胸を刺す。

「ノースは……私に聖女に戻って欲しいですか」

「えっ」

虚を衝《つ》かれたようにノースが動きを止めた。

表情こそ変わっていないが、わずかに瞳孔が開いているのがわかる。

「いや、それは……」

「私が神殿に戻って薬を作って祈りを捧げれば、今起きている災いは収まるでしょう。そうなった方が、喜ぶ人は多い」

「…………」

ずいぶんとずるい質問をしている気がする。ノースは何かを考え込むようにして目を伏せたあと、再びぱっと弾けたような笑みを浮かべた。

「いいや。戻んなくていいよ。聖女様があの場所で幸せだったとは到底思えないからさ。誰かに頼らなければ守れないような平和に価値があるとは思えないし」

「ノース」

「俺の願いはプラティナちゃんが幸せであることかな」

からりとした笑顔に、胸の中にあった小さな棘《とげ》が溶けて消えていくような気がした。

「アイゼンは気に食わないけど、この巡礼の旅がプラティナちゃんにとって価値がある物なら喜んで手伝うよ。何からだって守ってあげる。だからさ、アイゼンの半分くらいでいいから俺のことも信用してよね」

「もちろんです！」

とっくの昔にノースのことだって信用している。もし本当に悪人ならアンバーが懐くはずがない。

プラティナはノースの手をぎゅっと握ると、自分の方へと引き寄せた。

「私頑張ります。だから、ノースも私を助けてください」

目をまんまるにしたノースは一瞬だけ口元を歪めたが、すぐに人好きのするいつもの笑みを浮かべて大きく頷いてくれたのだった。

宿屋に戻り、ゼットに薬作りをするから鍋を貸して欲しいと頼めば快く受け入れてくれた。

アイゼンに人前で力を使うなと言い含められていることもあり、自室に戻って薬作りをすることにする。

ノースは夜まで休むと言って自分の部屋に帰っていったので、今はアンバーと二人きりだ。

「それでは今から薬を作ります」

『ます！』

小さな助手と化したアンバーが、羽根をパタパタさせながらプラティナの作業を興味深げに見守ってくれていた。

大鍋には井戸から汲ませてもらった水がたっぷりと注がれている。

それをいくつかの小鍋にとりわけ、今日買った薬草とアイゼンから預かった薬のストックを机に並べていく。

「ええと、まずは傷薬。次に熱冷ましと、酔い止め。あとは胃腸薬に痛み止めね」

どれも難しい薬ではない。とくに胃腸薬はアイゼンとの旅で最初に作った薬だ。あの城門で初めて薬作りを見せた時のアイゼンを思い出し、プラティナは口元を緩める。

そんなに昔のことではない筈なのに、ずいぶんと時間が経ったような気がするから不思議なものだ。

「じゃあ、まずは胃腸薬。アンバー、その緑の瓶を取って」

『はーい』

緑の小瓶の中身を小鍋に注がれた水に混ぜる。わずかに色付いた水を見つめながら、プラティナは精神を集中させて祈りを込めた。

薄まっていた薬剤の力が一気に強まり、水面がふわりと輝く。

「……ふう」

これで胃腸薬は完成だ。用意しておいた瓶に一つ一つ丁寧に詰めていく。コルクの蓋をアンバーが器用にはめてくれるので、二人での共同作業になるのでなかなかたのしい。

「よし、じゃあ次は傷薬よ。アンバー、その細長い薬草と蜂の巣を取って」

『こんな蜂の巣何に使うの？』

「ふふ。蜜蠟《みつろう》のカスが残ってるでしょう。これが軟膏《なんこう》の素になるの」

　蜂の巣を鍋に入れ、聖なる力で浄化しながら不純物を取り除いていく。浮き上がってきたゴミや滓《かす》を取り除きゆっくりとかき混ぜればどろりとした液体ができあがった。そこに薬草を沈ませてから、小鍋を包むように両手を添える。

「すぐに傷がよくなりますように」

　この言葉に意味や効果は無い。だがプラティナは薬を作るとき、いつもこうやって願いを込めて口にしていた。

　聖なる力が水に作用し、薬草からじわじわと効力が染み出していくのがわかる。時間をかけてゆっくりと鍋に力を込めていけば、ただのとろみが付いただけの水が粘度を増していき、最終的には柔らかな軟膏状にまで仕上がった。

『すっごいねプラティナ！　薬になった！』

「ふふ。すごいでしょう。これは小分けにしなくてもいいみたいだから、この大きな瓶に詰めてしまいましょうね」

『はーい！』

うっかり作りすぎたせいで用意してあった大きな瓶では足りなくなりそうだった。

仕方が無いので、予備に買ってあった小さな軟膏入れにいくつか小分けにして傷薬を詰める。

続けて同じようにして痛み止めも作っていく。

こちらは傷薬よりもさらに煮詰めて固形化させたものを丸薬にする必要がある。飲み込むのに苦にならない大きさに丸めて並べれば、アンバーが口から吐き出した熱風で乾かしてくれるおかげで、こちらも思ったよりも早くできた。

（あとでアイゼンたちにあげよう。あ、ゼットさんも受け取ってくれるかしら）

そんなことを考えながら作業していると、部屋の扉がノックされる音が聞こえた。

「はい」

返事をすれば扉の向こうからノースの声が聞こえた。

「俺、そろそろ倉庫に行くから。アイゼンが戻ってくるまで部屋から出ないでね」

「わかりました」

「アンバー、プラティナちゃんを頼んだぜ」

『わかってるよぉ』

可愛らしい会話に頬を緩ませ、プラティナは作業を再開したのだった。

次にノックの音が聞こえたのはそれから数分後のことだった。

「今戻った。入るぞ」

「ずいぶん早かったんですね。何も無かったですか」

部屋に入ってきたアイゼンは倉庫の前で別れたときと何も変わっていなかった。

無事にノースとは交代を済ませたらしく、どこかほっとした顔をしている。

「薬作りは順調か、と聞くつもりで来たんだが野暮な質問だったようだな」

アイゼンの視線は机の上や床の上に余すところなく並べられた薬の入った容器たちに向けられている。

まだ胃腸薬と傷薬しか作っていないと言えば、深い溜息とともに頭を抱えられた。

「期待しているとは言ったが……」

「駄目でした？」

「……いや、よくやった。これだけでも十分な稼ぎになるだろう」

「よかった！」

ほっと胸を撫で下ろしながら、今日の成果物を見回しプラティナは自慢げに胸を反らす。

役に立てた喜びで胸がいっぱいだ。

「チビはどうした……って寝てるのか」

「はい」

アイゼンの視線の先には、プラティナのベッドで丸くなっているアンバーがいた。

薬作りをせっせと手伝ってくれていたアンバーだが、途中で疲れてきたのかあくびを繰り返すようになったので、寝かしつけたのだ。

「今日は変身して長い間歩いたので気持ちが張っていたんだとおもいます」

「まったく。君を守れと言ったのに、油断しすぎだ」

「ふふっ」

咎めるような言葉遣いだが、その声音はどこまでも優しい。

アイゼンにとってもアンバーは守るべき大切な存在なのだろう。

「今日はここまでにして食事にしよう。チビは起きてからでいいだろう」

「ごはん！」

思わず大きな声が出てしまう。合わせてお腹がぐうと鳴った。

ちょっと恥ずかしくなって口を押さえれば、アイゼンがくっくっと小さく肩を揺らす。

「慌てなくても飯は逃げない。行くぞ」

「はい！」

その日の夕食は白身魚とトマトを煮込んだ大皿料理だった。香草とスパイスの香りが食欲をそそるもので、何度も小皿に取り分けてもらった。一緒に出してもらったパンは固めだったが、魚のスープと一緒に食べると柔らかくなってとにかく美味しい。

あたたかくて美味しいご飯を食べていると、薬作りの疲れが癒えていく。

「美味しいですねぇ」

「君は本当に何でも美味しそうに食べるな」

「だって本当に美味しいんですもの」

「そうか」

最近は旅に出た頃よりも食べ物が美味しく感じると考えながら、プラティナは甘さの増したトマトを咀嚼《そしゃく》する。

それは肉体的にも精神的にも聖女だった頃より健康になったという証拠なのだろう。

こんなにも毎日が楽しくご飯が美味しいなんて、ほんの少し前までは想像もしなかったことだ。

「明日は残りの薬を作るつもりです。アイゼンは朝から見張りに行くんですか」

「ああ。日暮れから朝までがノース、夜明けから夕方までが俺の担当だ」

「一人で大丈夫ですか？」

アイゼンの強さは信頼しているが、一人きりで倉庫の前に座っている姿を思うと胸が痛む。

せめてアンバーを連れて行ってはとプラティナは提案したが、アイゼンはゆるく首を振った。

「いや。もし荒事が起きたときのことを考えれば一人の方が話が早い。君は薬作りのことだけを考えてろ」

「でも……」

「役割分担だと思え」

どうやら相談の余地はないらしい。

それからいくつかの打ち合わせや相談をしているうちにお皿は空になってしまっていた。

そろそろ自室に戻って休むべき時間なのだが、なんだかアイゼンと離れがたくてプラティナはままごと椅子に座ったままになってしまう。

思えば食堂とは言え二人きりで向かい合うのはずいぶんと久しぶりな気がする。

何か話さなければと思いながらちらちらとアイゼンの顔を盗み見る。

「なにか言いたいことでもあるのか？」

「いえ！　大したことじゃないんですが……えっと、草の民の人たちのことどう思いますか」

「ああ、あの話か……」

船長たちから聞かされた内容を思い出したのか、アイゼンが眉間に皺を寄せながら腕を組んだ。

「前にも言ったが、俺はこの国の出身じゃないからな。歴史や民族については詳しくないから、事実かでっちあげなのかはわからない。龍の雫という薬草のこともだ」

「そう、ですよね」

「あの船長が嘘を言っているようには思えなかった。信じるしかないだろう。願わくは明日、その草の民とやらが薬を取りに来てくれればいいいんだが……」

「明日？」

約束は三日後まででではなかっただろうか。

「何日警護しても依頼料は変わらないからな。労力は最小限に抑えたい。君も、あすの午前中で薬を作ってしまえるだろう？」

「はい。あ、でも酔い止めって作ったことがないのであとでゼットさんに分けてもらおうかと思って」

「そうなのか？」

「神殿は内地ですから」

王都は内陸に位置することもあり、プラティナは船にまつわる仕事とは縁遠い。船旅用の酔い止めがあることは知っていたが、作ったことはなかったのだ。

「少しあれば増やせますし、使ってる薬草の配分もわかると思うんです」

「相変わらずなんでもないことのように言うなぁ君は」

「……そんなにおかしいですか？」

これまでもなんどとなく繰り返されたやりとりに、プラティナは首を傾げる。

自分ではそんなに大したことをしているつもりはないのに、と。

「おかしいどころじゃない。君の力は規格外だ。薬を増やすなんて奇跡、俺は初めて見たぞ。神殿の連中こそなにも言わなかったのか」

「薬作りは殆ど一人でやっていたので誰かと比べたことはないんです」

神殿での薬作りは義務に等しく、聖女だからといって免除されるものではなかった。

最初に薬を作って以来、なぜか毎日のように大量の依頼を受けたためせっせと作り続けていただけで、特別なことをしているつもりはなかった。

「なるほどな。神殿の連中も、君が薬を作っているところを見たことがなければ正規の手法で調合していたと思っていたかもな」

「作り方、聞かれませんでしたからね」

「まったく……わかった。ゼットにはあとで事情を説明しておこう。他に必要なものあるか？」

「今のところは大丈夫です。ゼットにはあとで……もしなにかあればゼットさんに相談します」

「そうしてくれ。さて、今日は疲れたろう。もう休め」

「……はい」

ほんの少しだけまだ名残惜しい気持ちがあった。もう少しだけ二人でいたい。でも。

「あの……」

話しかけたいと声をかけようとした瞬間、上階から大きな物音が聞こえた。

次いできゅうう～と聞き覚えのある声が聞こえた。

『プラティナ～～！』

「アンバー！」

半泣きのアンバーが客室階からぱたぱたと羽根をはばたかせながら降りてきた。

『起きたら居なくてびっくりしたよぉ！　お腹空いたぁ』

「ピイピイ鳴くな!!　寝てたお前が悪いんだろう」

『わーん！　プラティナ！　アイゼンが意地悪だ！』

「あらあら」

飛びついてくるアンバーを抱きしめながら、プラティナはほっとしたような寂しいような複雑な気持ちになったのだった。

それからお腹が空いたとなくアンバーをなだめ食事を取らせたあと、プラティナはアイゼンと別れて自室に戻った。

（私、どうしたいんだろう）

寝台に横たわり、これまでのことやこれからのことを考えているうちにプラティナはうとうとと眠りに落ちた。

明けて翌朝。

朝食のために食堂へと向かうと、そこには笑顔で手を振るノースが待っていた。

どうやらプラティナが眠っている間にアイゼンと交代したらしい。

「おはようございますノース」

「おはようプラティナちゃん、アンバー」

一晩倉庫の見張りをしていたとは思えないはつらつぶりに感心しながら一緒に朝食を取り、今日の予定について確認する。

「今日の午後、一度ギルドに行って薬を納品しとけってさ。もし商人が早く到着したらバタバタするだろうし」

「わかりました。じゃあ、午前中に残りの薬を作っておきますね」

「俺は昼まで寝とくかな。あ、これさっき宿屋の主人から預かったよ」

ノースが差し出してきたのは黄色い瓶に詰まった酔い止めだった。アイゼンがゼットに頼んでくれていたのだろう。

ソレをぎゅっと握り締め、プラティナは小さく微笑む。

「ありがとうございます。これで全部の薬を作れます」

「頼もしいねぇ。もしなにかあったら呼んで」

「はい！」

それからまた部屋に籠って薬作りを再開した。

ゼットからもらった酔い止めを確認したところ、手持ちの薬草でも十分再現は可能そうだったので、今回は薬を増やすのではなく調合することにする。

昨日と同じように鍋に水を入れ、その上に網を置いた。

『水の中に入れないの？』

「酔い止めはエキスだけを使うほうがよさそうなの。見てて」

網の上に薬草を並べ、手のひらをかざし聖なる力を流しこむ。すると薬草が見る間に萎《しぼ》んでいき、そのエキスがぽたぽたと水の中に落ちていく。

『すごーい！』

「あとはこれをいつも通り、っと」

鍋に溶け込んだ薬草のエキスを混ぜながら力を流しこめば酔い止めの完成だ。

余計なことかと思ったが、気持ちを落ち着かせる香草も混ぜたので香りもいい。気に入ってもらえるといいなと考えながら、アンバーと共に痛み止めと同じように小瓶に詰めていく。

「次は熱冷ましね」

そう言いながら薬草を手に取ったプラティナは、昨日別れたきりのメルリを思い出していた。

（大丈夫だったかしら）

熱冷まし草に力を込めたとは言え、もし重篤な病気なら効果は無かったかもしれない。

やはり会いに行くべきかとも思ったが、メルリがどこに住んでいるかを知らないのだから手の打ちようもない。

知らず、溜息がこぼれてしまいあわててプラティナは首を振った。

（だめよ。私の仕事は薬作りなんだから）

アイゼンとも約束したのだから、とプラティナは熱冷まし草といくつかの薬草を鍋に入れ力を注ぎ込む。

メルリに渡したものと同様に、薬草にまず力を込めたこともあり、あっというまに薬が完成する。

淡く光る薬も小瓶に詰め込んだ。

「……よしっ！」

『できたー！』

完成だと両手を伸ばせば、アンバーがくるくると回って嬉しそうに羽根をばたつかせる。

そしてまるでそのタイミングを計っていたかのように扉がノックされ、ノースが顔を出した。

「プラティナちゃん、そろそろ行けそう？」

「はい。ちょうど完成したところです」

「りょーかい。じゃ、全部収納袋に入れて、っと」

ノースが腰にぶら下げていた小さな鞄にどんどん薬を入れていく。

見慣れたとはいえやはり不思議なその光景に見入っていると、ノースが笑い声を上げた。

「心配しなくても、盗ったりしないよ？」

「あ！　ちがいます！　ノースの鞄は小さいのに随分と荷物が入るんだなと感心して」

「ああ。これはギルド職員用の特製だからね。売られてるものよりずっと収納力が高いんだよ」

「へぇ」

話している合間にノースはすべての薬を収納袋に入れてしまった。

食事は買い取りを済ませたあとに外で食べようということになり、アンバーを伴いギルドに向かった。

そして。

「なっ、なんですかこの薬は!!」

職員の悲鳴が、ギルド中に響き渡った。

最初に受付をしてくれた眼鏡をかけた女性の職員は、プラティナの持ってきた薬を手に取っては、悲鳴を上げたり、目を見開いたり、呼吸を荒らげたりとせわしない。

「あ、あの……何か問題が」

「問題なんてとんでもない！　こんな上質な薬、見たことありません!!」

「えっ、あー……」

「私、鑑定スキルがあるからわかるんです。この薬は全部上級……いや、超上級クラスです。うわぁぁ……!!」

大声で騒ぐ職員のせいで、ギルド中の視線がプラティナたちに集まってくる。

しまったと思うがどうやらもう遅いようだ。

「ぜひ全部買い取りさせてください。数が多いので査定には少しお時間をいただきますが、夕刻までには終わります」

「は、はい」

「しかし凄い薬ですね。これはあなたが？」

無邪気に問いかけられ、プラティナはひゅっと息を呑む。

アイゼンには力のことはなるべく隠せと言われているが、咄嗟に嘘を吐くスキルはプラティナにはない。

「あの、その……」

「ちがうちがう。これはこの子の師匠が作ったの。ほら、依頼の受け付けの時に一緒にいたでしょ？」

さっと助け船を出してくれたのはノースだ。にこやかな笑顔を職員に向けてひらひらと手を振りながら、自然な動きでプラティナを庇うように前に立った。

「師匠……？　ええと……あ！　本当ですね。職業が薬師になってます。彼が作ったんですか。凄腕ですね！」

「はは。聞いたら喜ぶと思うから伝えとくね」

（アイゼン、ごめんなさい）

この場にいないアイゼンに心の中で謝罪しながら、プラティナたちは薬の納品を済ませたのだった。

プラティナが薬を作ったわけではないと思わせることには成功したが、注目を集めてしまったことには変わりない。周りからの視線を浴びながらギルドを出たときには、緊張から来る疲労感でぐったりだった。

「はぁ、緊張しました」

「でも無事に納品できてよかったね。あの様子だと、けっこういい値で買い取ってくれるんじゃないかな」

「旅の資金、貯まりますかね」

「大丈夫だって。もしどうしてもって時には俺も出すからさ」

からからと笑うノースは太陽のように明るい。

その笑顔にホッとすれば、今度はぐうとお腹が鳴った。

「あう」

「お腹空いたよね。何か買って食べようか。あ、そうだアイゼンのところに行こうよ」

「港ですか？」

「あの倉庫の並びにいくつか店があったんだ。差し入れついでにさ」

「そうですね！　納品のことも報告したいですし！」

一人で見張りをしているアイゼンに会いに行く理由ができた。

足元がふわりと浮き上がりそうな高揚感のままに、港へと向かったのだった。

港に着くとノースの言葉通り、倉庫の横には様々な店が並んでいた。客層から見るに、船乗りたちの食事処といったところだろう。

アイゼンはどこかと見回してみれば、倉庫の入り口にどこから持ってきたのか椅子を置いてそこにどっしりと座っている姿が見えた。休憩しているのか腕組みをして目を閉じているせいで大きな置物のようにも見える。

「アイゼン！」

呼びかけながら駆け寄れば、アイゼンはパチリと目を開けた。

「プラティナ。どうしてここに」

「さっきギルドに薬を納品してきたんです。その報告と、お昼ご飯を食べに」

「ああ」

なるほど、と頷きながらアイゼンが食事処の方へ目をやる。

「アイゼンは何か食べましたか」

「いや」

「じゃあ一緒に食べましょうよ」

『僕も食べたい！』

アンバーも活気づいている食事処に興味津々の様子だ。

「じゃあ俺とアンバーで何か買ってくるから、二人はここにいなよ」

「いいんですか？」

「うん。まかせて。行こうぜアンバー」

『わーい！』

いつのまにそんなに仲良くなったのか、ノースとアンバーが連れ立って行ってしまった。のこされたプラティナとアイゼンはぽつんとその場に並んで立ち尽くす。

「まったく。ガキには困ったものだ」

「ノースは大人だと思うんですが……」

「いいや。中身はチビとそう変わらんぞ」

わけ知り顔で頷くアイゼンは、歩いて行くノースの背中をじっとりと見つめてからプラティナに向き直った。

「薬は無事に納品できたのか」

「はい。ずいぶんと好評でした。きっとよい値段が付くかと」

「そうか」

「アイゼンは何か変わったことは？」

「今のところは平和だ。これだけ人の目があるから、盗もうと考えるような奴もそうそういないだろうからな」

港にはたくさんの船が停泊しており、たくさんの船乗りたちが闊歩《かっぽ》している。

こんな中で倉庫に押し入ろうとすれば、騒ぎになるのも当然だろう。

「早く来てくれるといいですよね」

アイゼンやノースがずっと気を張っている状況はやはり心苦しいものがある。

薬草のことも気がかりだった。草の民が住処《すみか》を追われたことや、彼らにとって大切な薬草が禁制品になっているというのがどうにも気になる。

レーガは一体何のためにそんなことをしたのだろうか。

それに。

「街道の崖崩れも、私の加護がなくなった影響でしょうか」

あちこちで起きている天変地異はプラティナが祈りを止めた反動の可能性が高い。

もしプラティナが今でも神殿で祈っていれば、彼らが遅れることも無かっただろうに。

「馬鹿を言え。自然が起こした現象だぞ。君に何の責任がある」

「アイゼン……」

「気に病むな。すべての原因は君じゃない。ソレをしっかりと覚えておけ」

いつだってアイゼンの言葉はプラティナを支えてくれる。それが嬉しくて幸せで、少しだけ落ち着かない。

頼もしさに胸を震わせていると、誰かがこちらに駆けてくる足音が聞こえてきた。

もうノースたちが戻ってきたのかと振り返ろうとした瞬間、アイゼンの大きな手が伸びてきてプラティナの腰を摑んだ。

「きゃっ」

そのままるで恋人を抱くように抱きしめられ、小さな悲鳴が出てしまう。

ぴったりと密着する感覚に心臓が口から飛び出そうなほどに大きく脈打つ。

「あ、あい、アイゼン？」

「誰だ？」

「え？」

恐ろしいほど低い声に一瞬で頭が冷静になる。

首をよじってなんとか振り返れば、そこには真っ黒なローブをまとった背の高い人物が立っていた。走ってきたのか、ぜいぜいと肩で息をしている。

どうやら先ほどの足音はこの人物のもので、アイゼンは背後から迫ってきたこの人物からプラティナを守るために抱き寄せてくれたらしい。

「あのっ、僕っ」

聞いているこちらが苦しくなりそうなほどに呼吸を乱しながら、その人物はフードを外した。

現れたのは、くすんだ銀髪に浅黒い肌をした青年だった。つり上がった目の中で輝く瞳はヘーゼル色で、まるで大きな猫のようだ。

「僕ッ、ここに薬草を採りに来たものです！」

青年はクルトと名乗った。

よほど急いで来たのだろう、身分証をアイゼンに手渡したクルトはその場にへなへなと座り込んでしまった。

丁度ノースたちが買ってきてくれた果実水を飲ませて落ち着かせる。

「ああ、よかった。ギリギリ間に合いましたね」

果実水を飲み干したクルトは泣きそうになりながら安堵の息を吐き出す。

なんでも街道が崖崩れで使えなくなったので、かなりの遠回りをしてここまでやってきたらしい。

「……身分証は本物だな。船長から聞いていた身なりとも一致する。一人で来たのか？」

「まだ仲間はいるんですが僕だけ先に来たんです」

街道を抜ける道は細く、大人数が一度に通り抜けられるものでは無かったらしい。

他の商隊もいたことから、順番にしか行けなかったので一番足の速いクルトが選ばれたのだとか。

「取り急ぎ必要なものだけ僕が預かります。これに入れられるので！」

クルトが指さしたのは大きな背負い袋だ。どうやら収納袋らしい。

「薬草は持って帰れるのか」

「ずいぶんと大型だな」

「はい。僕たちは薬草を扱うことが多いので、特別製なんです」

にこにこと笑うクルトの笑顔はどこか幼く、こちらの警戒心を溶かしていくようだった。悪意の欠片も感じない姿に、船長の言葉が正しかったのが伝わってくる。

「……？」

何故かクルトがじっとこちらを見つめている気がして瞬けば、慌てて視線を逸らされてしまった。

細々としたことを確認し合うアイゼンとクルトにノースが近寄って、一緒に書類を確認しはじめる。

「じゃあこれで依頼は達成ってコト？」

「一応な。あとはコイツに品を確認してもらい、サインをもらえば仕事は終わりだ」

おもったよりも早く仕事が片付きそうだとプラティナが胸を撫で下ろしていると、クルトも同じように胸に手を当てて長い息を吐き出した。

「ああ本当によかった。薬草が駄目になったらどうしようかと」

「よほど心配だったようだな。船長も気にしていた。今から確認するか」

「はい。なるべく早く処理をしないといけないので……」

処理、という言葉にその場にいた全員の肩がぴくりと揺れる。

クルトはこちらの動揺に気が付いていないのか、早く倉庫に入りたくてたまらない様子だ。

「それじゃあ確認を頼む」

「はい！」

ドアを開けると倉庫内から薬草特有の匂いが漂ってふわりと鼻をくすぐった。

中に入ったクルトは迷いのない足取りで箱の一つに近づいていく。そして躊躇いのない動きで蓋を開けると中に顔を突っ込んだ。

「アア間違いない。この匂いだ……！」

匂いで判断するのか、と少々動揺していると箱から顔を上げたクルトが満面の笑みでこちらを見た。

目がらんらんと輝いて迫力があるものだから、プラティナはついアイゼンの背後に隠れてしまう。

「あのっ、箱の中を全部確認したいので少し待ってもらえますか」

「わかった」

恐らく今から龍の雫の処理をするのだろう。

深くは追及せずに頷き、クルトを残して倉庫を出る。

「いや～よかったねぇ。あの僕ちゃんが薬草の処理を終えたらギルドに行くってことでいいのかな」

「そうだな。受取人が来た以上、俺たちの役目は終わりだろう」

「よかったですね」

「じゃあ、とりあえずご飯食べちゃう？　いろいろ買ってきたよ」

「わぁ！」

そういえば食事を食べ損ねていたことを思い出し、プラティナはノースが買ってきてくれたいろいろをのぞき込む。

どこれもこれもとても美味しそうだ。

「どれにしようかな……ん？」

不意に視界に影が差した。何かと思って顔を上げれば、アイゼンとノースがプラティナを何かから守るように背を向けて立っている。

「アイゼン？」

「……プラティナ、倉庫の中に行け」

「えっ!?」

急にどうしたのかと視線を動かせば、アイゼンたちが向いている方から数名の男たちがこちらに向かってくるのが見えた。

やけにきっちりとした服装をしているが、その表情は険しく見るからに不穏な空気をまとっている。

「アレって」

「王国の警備隊だね」

「警備隊!?」

「そ。いわゆる女王陛下の番犬、ってやつだよ。まあこんな国の外れに派遣されるような連中だから三下だろうけど。さて、奴らの狙いは倉庫の中のブツか、それとも……」

アイゼンとノースがプラティナに視線を向ける。

ここにやってきた目的がもし禁制品の取り締まりではなくプラティナだとしたら。

「君は姿を見せるな」

「えっ、でも」

「いいからいいから」

ノースがプラティナの腕を引き、倉庫のドアを開けて中に押し込めた。

中で作業していたクルトがぎょっとした顔でこちらを見ている。

「俺たちが開けるまで出ちゃ駄目だよ～」

「ノース！　あ！」

言うが早いかノースがばたんとドアを閉めてしまった。鍵のかかる音に外側から鍵をかけられたのがわかる。

アイゼンとノースだけでなく、アンバーまで向こうに置いてきてしまった。

心配でたまらなかったが、自分がいてもなにができるわけでも無いことをプラティナはわかっている。

無力さを噛みしめながらドアを見つめていると、背後からおずおずと声が聞こえてきた。

「あの、なにかあったんですか？」

不安そうな顔をしたクルトが、プラティナとドアの外を気にするように身体を揺すっていた。

何かを後ろ手に隠していることから、薬草の処理をしている最中だったのだろう。

「済みませんお騒がせして。えっと……ちょっと、問題が」

「問題、ですか」

「はい。その、王国の警備隊が……」

「!!」

真っ青になったクルトがその場でぴょんと飛び上がる。

そのはずみに持っていた何かが床に落ちた。

「それ……」

「しまった……!!」

床に落ちたのは淡く光る花びらだった。純白の柔らかそうな花弁が、床の上でくるくると回る。

それをものすごい勢いで拾い上げたクルトは、引きつった笑みを浮かべていた。

「それが、龍の雫、ですか」

「……!!　どうしてそれを!!」

「あ……実は……」

ここまで来たら隠しておく必要は無いだろうと、プラティナはクルトに船長から事情を聞いたことを説明した。

その上で、プラティナたちは禁制品のことを訴えるつもりは無いことや、自分たちも女王とはワケありなのでぜひ協力したいということを説明する。

「なるほど。そうだったんですね」

「はい。それが『龍の雫』なんですね」

「……ええ。草の民はこの花の蜜を使って作る結晶を媒介に力を使うのです。ですが、国内ではほぼ絶滅してしまった」

しょんぼりとうなだれるクルトの姿に胸が痛くなる。

「この花はシャンデにしか咲かない花と言われています。今回、外で見つかったのは奇跡なんです」

「それで船長さんに依頼を？」

「はい。危険なことはわかっていましたが、このままでは結晶が尽きてしまう。花の状態が良ければ種も収穫できますから、可能な限り採取してきてもらったんですよ」

腰にかけた小さなカバンからクルトが大きめの瓶を取り出した。中には琥珀色の液体が溜まっている。

「とても状態のよい花ばかりだったので、こんなに蜜が採れました。少しですが種も。うまくすれば栽培できるかもしれない」

「まあ。それはよかったですね！」

「はい。あと少し遅かったら、花も萎れていたでしょう。船長さんには感謝してもしきれません」

噛みしめるようなクルトの声に、彼がどれほどこの花との出会いを待ち望んでいたかが伝わってくる。

きっと風の民にとって本当に大切なものなのだろう。

「処理は終わったんですか？」

「はい。この花弁は誤って落としてしまったのでもう使えないのですが、もったいなくて。収穫すると一週間ほどで完全に消滅してしまうんです」

「不思議な花なんですね」

苦笑いを浮かべながら、先ほど見せてくれた白い花弁をヒラヒラと揺らめかせてくれた。

ふわりと香る甘い匂いの正体は花の蜜だろうか。

驚くほどに心が落ち着いていくのがわかる。

「でもどうして急に警備隊が来たんでしょうか。もしかしたらこの荷物の噂をききつけて？」

「わかりません……話を聞く前にここに押し込められたので」

「そうなんですね……僕も聞いた話でしかないんですが、警備隊は特に何も無くても無理難題を吹っかけて港の人々に圧力を掛けているという噂があります。ずいぶんと嫌われてるそうです」

「無理難題、ですか？」

いくら女王直属だといってもそんなことが許されるのか戸惑えば、クルトは苦笑いを浮かべる。

「この港町はほぼ自治領みたいなところですからね。女王の威光が届きにくい。だから警備隊が定期的に騒ぎを起こして、存在を主張しているようなんです」

「ひどい……」

そんなことまでしていたなんてと口を押さえて俯く。

何かを諦めたような笑みを浮かべながら、クルトが首を振る。

「それでもギルドとは揉めたくないそうで。だから船長はギルドに護衛を頼んだのだと思います。ギルドの仕事に口を出すことはできないはずなので。きっと大丈夫ですよ」

「だといいんですが……」

ドアの向こうにいるであろうアイゼンたちを思いながら、プラティナは両手を組んだ。

どうか何ごともありませんようにと祈りを込めると、クルトの手のひらが淡く光り出した。

突然のことにプラティナたちは驚いて息を呑む。

「えっ！」

「なっ、これは……！」

手のひらには龍の雫の花びらが握られていた。

真っ白に輝くそれは、まるでプラティナの祈りに呼応するように光っていた。

「っ……これは……!?」

「私の力に反応してるんでしょうか」

「あなたの？」

「はい、あの私、実は元聖女でして。すこしだけ聖なる力があるんです」

「……！」

クルトが目をまんまるにしてプラティナを見つめた。

それから何かを考え込むように目を伏せ、勢いよく顔を上げる。

「あの、あなたの髪色と瞳はご両親どちらに似たんですか？」

「えっ？」

「さっきから気になってたんです。あなたのその髪色と瞳は、僕たち一族の特徴によく似ている。もしかして、同族じゃないかって」

その言葉に、どくんと心臓が大きく跳ねた。

（この髪色と目は……私のお母様の）

病気で亡くなった母はプラティナによく似ていたという。その母が草の民の出身かもしれない。それが一体なにを意味するのか。

プラティナは混乱から視線を左右に彷徨わせ、生唾を飲み込んだ。

「……母、だと思います」

「お母様はあなたに何か故郷のお話などはしていませんか？」

「……いいえ。私が幼い時に亡くなったので」

「あ、それは……失礼しました」

「いいえ」

気まずそうに頭を掻くクルトにプラティナは緩く首を振る。

「あのっ、草の民って何なのですか？　どうして、女王はあなた方の住処を奪ったんでしょうか。

私、どうしても気になって」

「それは……」

何かを言おうとクルトが口を開いた、その時だった。

「……！」

ものすごい物音がドアの向こうから聞こえた。次いで誰かが叫ぶ声とうめき声。

あまりの恐ろしさにクルトとプラティナは手を取り合って身体を硬くする。

しばらくその騒動が続いたのち、再び静寂が訪れた。

「えっと……」

「外、見た方がいいと思いますか？」

「どうでしょうか」

正解がわからず固まっていれば、誰かがドアを叩く音が聞こえた。

次いで、鍵が開く音が響く。

ゆっくりと開いたドアからひょいっと誰かが顔を覗かせた。

「おまたせ～！　終わったよ！」


ヒラヒラと手を振るのは、ノースだった。その後ろからアンバーが倉庫の中に飛び込んでくる。

『プラティナ〜！　僕頑張ったよ！』

「アンバー！　大丈夫だった？　何も無かった？」

『うん。ぜーんぶアイゼンたちがやっつけたから大丈夫』

「…………えっ？」

恐る恐る倉庫の外に出てみれば、先ほど見た警備隊の男性たちが累々《るいるい》と倒れていた。

全員完全に気を失っており、怪我をしているようではないがかなり凄惨な光景だ。

周囲には船乗りたちが集まっていてなかなかの騒ぎになっている。

「アイゼン。これは……」

「心配するな。話はついた」

これは話をしていないのではないだろうか。さすがのプラティナも異議を唱えたくなったが、それよりも先にノースが笑いながら言葉を紡いだ。

「安心して。こいつら、プラティナちゃん目当てじゃなかった」

「えっ、じゃあ……」

もしかして禁制品がここに在ることがバレたのだろうか。

クルトを振り返れば、青ざめた顔で倒れている警備隊を見つめていた。

「そっちでもなかった。こいつら、定期的にここに来ては無駄なイチャモンを付けて善良な市民を脅してたらしくてさ。俺たちのことも怪しいからって絡んできてさ〜」

「俺のことを不審者呼ばわりしたんだぞ」

それは絡んで来たのではなく、正当な質問だったのではないだろうか。

プラティナはすっかり見慣れたが、アイゼンは黙っているとなかなかに迫力があると思う。そこにノースが加われば目立つにちがいない。

「ちゃんと依頼を受けた冒険者だっていっても信じてもらえなくてさ」

「警備隊の詰め所に同行を求められたが、断ったら攻撃してきたから反撃させてもらった」

「……それって不味いんじゃないですか？」

たとえこの港町が自治権の強い地域とは言え、王国の警備隊を倒して許されるはずがない。

「まあ大丈夫じゃない？　しばらくは気を失ってるだろうし。こういう連中はメンツを大事にするから、冒険者に倒された〜なんて言わないと思うよ」

「ええ……」

「仕事中の冒険者を正当な理由なく拘束しようとしたってのがギルドにバレたときの方が面倒だと思うし」

「ああ。先に手を出してきたのはこいつらだ。証人は多いぞ」

アイゼンが指さしたのは周りに集まった船乗りたちだ。誰もが、妙にすっきりとした顔をしている。倒れた警備隊の男性に、その辺に落ちていた石を投げ付けている人もいた。

「この連中かなり評判悪いみたいで、俺たちが戦っている間は声援が上がりっぱなしだったんだよ」

「手応えがなさ過ぎだ。王国の警備隊が聞いて呆れる」

「一応、元同僚なんだし優しくしてやればいいのに」

「馬鹿言うな」

『僕も頑張ったよ！』

どこから怒ればいいのかわからなくなって、プラティナは肩を落とす。

三人に怪我がなかったことは幸いだが、複雑極まりない状況だ。

こんな騒ぎを起こして本当に大丈夫なのだろうか。おろおろとしていると、とんとんと誰かに肩を叩かれた。

「あの……」

振り返るとクルトが真っ青な顔で立っている。

彼にしてみれば、想定外どころの話ではないだろう。立場や状況上、プラティナたちよりも騒ぎに巻き込まれたくはない筈だ。

「僕、どうしたら」

「安心しろ、お前の顔は見られていないから知らないフリを貫けばいい。片付けは俺たちがする。お前は必要な処理を早く済ませて、必要な薬草だけ持って出てこい」

「は、はい！」

アイゼンに指示され、クルトは慌てて倉庫に戻っていく。

ノースとアンバーは倒れている警備隊の面々を邪魔にならないところに引きずって片付けはじめた。

「あの、その方々はどうするんですか」

「どうもしない。一時間くらいは目を覚まさないだろうから放置だな」

「えぇ」

それでいいのかと戸惑っていると、周りに集まっていた船員たちの一団が近づいてきた。

警戒するようにアイゼンがプラティナの前に立つ。

「安心しな。こいつらが目を覚ましたら、夢でも見たんだろうって俺たちが言っておくよ」

「ああ。いつもここいらで暴れてたからいい気味だ」

「兄ちゃんたち強いな！　ほぼ一撃だったじゃねぇか」

どうやらアイゼンたちの戦いぶりに感動した人たちらしい。

口々に協力を申し出てきてくれた。どれほど警備隊の人たちは嫌われているのだろうか。

「助かる。ついでと言ってはなんだがギルドの職員が来るまでこの倉庫を見張っていてくれないか。この連中がなにかする可能性もあるから」

「ああ、かまわねぇぜ」

「ギルドを呼ぶんですか？」

「ああ」

「お待たせしました!!」

息を切らしたクルトが倉庫から駆け出てきた。額に汗を掻いているところから相当に急いだのだろう。

大切そうに背負袋を抱きしめている。

「必要な薬草はそれだけか？　残りはギルドに売却でも構わないな」

「ええ。元々そのつもりだったので」

「わかった。よし、行くぞ」

警備隊の人たちはアイゼンの言葉通り目を覚ます様子もない。

声援を送ってくれる船乗りたちに手を振りながら、プラティナたちはギルドに向かったのだった。

「倉庫前で警備隊に絡まれた」

その報告を受けたギルドの面々は一気に殺気立った。よほど相性が悪いらしい。

見張りをしている最中に拘束されそうになったので反撃した、という事情を説明したら仕方が無いと理解を示してくれただけではなく、厳重に抗議をするとまで言ってくれた。

「災難でしたね。でも、これで依頼は達成と言うことでよろしいですか？」

「ああ。これが受取人だ」

背負袋を抱えたままのクルトが受付嬢にぺこぺこと頭を下げながら、サインをした証明書と革袋を差し出した。じゃらりという重厚な音が聞こえたので、どうやら中身は金貨らしい。

受付嬢はそれを受け取り確認すると、ぱっと笑みを浮かべた。

「はい。預かり金と証明書、間違いなく確認しました」

「あの、薬草がおもったより多かったので倉庫に残っている分はギルドに買い取りをお願いしたいんですが」

「承知しました。じゃあ、あっちの窓口で受付をしてください」

受付嬢に促され、クルトはバタバタとかけていく。

どうやら無事にいろいろが片付きそうだ。

「この預かり金の二割がみなさんの取り分になります」

「助かる」

「それと、先ほどの薬の査定が終わりました。どれもとっても高品質で素晴らしい品でした。こちらで全て買い取りさせていただきましたので金額を確認してください」

大きな革袋がカウンターに載せられる。先ほどクルトが出したものの倍以上はあるだろう。

提示された金額は、プラティナの予想をはるかに超えるもので、嫌な汗が出てきた。

「ずいぶんと高値で買い取ってくれたんだな」

「はい！　今、色々あって薬不足なんです。以前は王都からいい薬が流れてきたんですけど今は全然で」

「そうか……」

王都からの薬とはプラティナが作っていた薬のことだろう。

こんなところにまで届いていたことや、影響が出ていたらしい。

「ところで」

「なんだ」

「あなたって本当に凄腕の薬師なんですね！　どうです？　このギルド専属になりませんか！」

「は……？」

受付嬢がカウンターから身を乗り出してアイゼンに迫りはじめた。

そういえば薬を作ったのはアイゼンだということにしていたのを忘れていた。

説明しようと近づいたプラティナだったが、受付嬢はソレよりも早くアイゼンの両手をぎゅっと握って顔を近づける。

「貴方の腕なら安定した収入をお約束できます！　どうですか!!」

その光景に胸の中がざわめいた気がしてプラティナは小さく首を捻った。

（ん……？）

なんだかすごくモヤモヤする。ノースやアンバーが同じような距離感でいるときには感じたことがないのに。

とにかく受付嬢を引き離さないととプラティナは声を上げる。

「あの……」

「悪いが、俺はここに留まるつもりもない」

だがそれより先にアイゼンが受付嬢の手を振り払いながら、ハッキリと言い放った。

「俺には大切な目的がある。薬は売るが、それだけだ。早く終わらせてくれ」

取り付く島もないきっぱりとした口調に、受付嬢がしゅんと肩を落とした。

本気でアイゼンを引き抜きたかったのだろう。

しおしおとカウンターの奥に戻り書類を作りはじめた受付嬢の背中を見つめながら、プラティナはアイゼンにすすっと近づき、小声で呼びかける。

「すみません、言ってなくて。私の薬、アイゼンが作ったことにして納品したんです」

「いい判断だ。その方が目立たなくていい」

どうやら間違っていなかったらしい。

ほっと息を吐けば、アイゼンがプラティナの頭をぽんと撫でた。

「よく頑張ってくれた。おかげで資金も潤沢だ」

「私、役に立てましたか？」

「十分過ぎるほどだ。ありがとう、プラティナ。よく頑張ってくれた」

どこまでも優しい笑みが向けられた。

その眩しさにプラティナの心臓が奇妙な音を立てる。

（あれ、あれあれ……？）

顔が熱を持ち、その場から走り出したいような声を上げたいような衝動がこみ上げてくる。

それが何を意味するのかわからず、プラティナは熱っぽい頬を両手で押さえた。

どきどきと高鳴る心臓がうるさくて耳を塞ぎたくなる。

『プラティナ、どうしたの』

「えっ、ええと」

アンバーが心配そうに声をかけてくるが、自分でもどうしたのかよくわからないので返事ができない。

一人でおろおろとしていると、こちらの動揺など一切気にしていないらしいアイゼンがノースと何やら話し合いをはじめてしまった。

このあとの予定について決めているらしい。

「プラティナ」

「はい！」

裏返った声で返事をしてしまったせいで怪訝そうに眉根を寄せられたので、プラティナはなんでもないと笑って誤魔化す。

「一度宿に戻って荷物を整理して今日中に出立する」

「買い物は、どうするんですか」

「ゼットに昨日のうちに頼んであるから準備してくれているはずだ」

どこまでも頼もしい人だと感動していると、ノースが「お」と小さく声を上げた。

「あっちも話が終わったみたいだよ」

薬草の買い取り処理を終わらせたらしいクルトが、こちらに駆け寄ってくるのが見えた。

ほっとしたような表情から無事に話が付いたらしい。

「お待たせしました」

「いや。無事に終わったか」

「はい。あとは仲間が到着するのを待つつもりです」

「そうか。気をつけてな」

大切そうに抱えられた背負袋の中には、龍の雫の蜜が入っているのだろう。

彼らにとって大切なものだというそれをどうか無事に役立てて欲しいと思う。

「今回はお世話になりました」

「こちらこそ騒ぎに巻き込んですみません」

「いえいえ！　もしあなた方がいなかったら僕は警備隊に捕まっていたかもしれないですし。皆さんはこれからどうするんですか？」

「俺たちはこれから砂漠の聖地に向かう予定なんだ」

「聖地に!?」

クルトが驚いたように声を上げた。

それからプラティナをじっと見つめ、何かを急に考え込む。

「あの。僕に少しだけ皆さんの時間をくれませんか？」

やけに真剣な口調だった。その表情には先ほどまでのあどけなさはない。

アイゼンがわずかに目を細める。

「一体なにを……」

「プラティナさん。さっきの話の続きをしましょう。きっとこれからのことに必要になるはずです」

「……！」

倉庫の中で交わした会話を思い出す。

プラティナの母のこと。草の民がなぜレーガに迫害されたのか。

何かが変わりそうな予感に、プラティナは両手で胸を押さえたのだった。

書き下ろし番外編　メルリの女神様

「お母さん、薬だよ」

ベッドから起き上がる気力もない母の姿に胸を痛めながら、メルリは先ほど作った熱冷ましをスプーンですくってその口に近づけた。

熱のせいで干からびた唇を湿らせるようにして薬を流しこめば、喉が弱々しく動いたのがわかった。

「お母さん……」

メルリは母のことが大好きだ。

いつも笑顔で美味しいご飯を作ってくれて、メルリが泣くと膝に乗せて歌を歌ってくれる。

父のことも大好きだが、漁師という仕事柄長く家を空けることが多いため素直に甘えることが難しい。

子どもながらにメルリの家は裕福とは言えないことはわかっていた。

昔から住んでいる木製の集合住宅は風が吹く度に隙間風が入ってくるし、毎日ご飯を食べるので精一杯。

父は以前は腕の良い延縄職人だったが、目が悪くなったこともあって縄を編めなくなってしまったのだ。

今は知り合いの船に乗せてもらって肉体労働をしてお金を稼いでいる。

危険だし一度漁に出れば数週間戻って来られないので不安だったが、他に働き口がないから仕方がない。

母は父が不在の間の家を守るため、近所の食堂で朝から夕方まで働いている。

でも周りは同じような家庭ばかりでまったく気にならなかった。

母と一緒に父を待つ。それがメルリにとっての当たり前だ。

だが、そんな母が熱を出した。

少し休めば治ると言っていたのに、何日経っても熱は下がる様子もない。

心配した周りの人が食事を届けてくれたが、さすがに薬をくれる人はいなかった。

「すまないなぁメルリちゃん。最近は薬がどんどん高騰して、わしらも簡単には買えないんだ」

そう言って肩を落とすのは隣の家に住むおじいさんだ。

「少し前までは王都の神殿で配られている聖女様の薬が病人優先でもらえたんだが、最近は全然だ。

それに、薬草も不作が続いているらしく街に入ってくる量がどんどん減っとる。熱冷ましの薬は最低でも銀貨一枚はする」

「銀貨一枚……」

銀貨一枚あればメルリと母は一ヶ月は余裕を持って暮らせるだろう。

そんな大金をぽんと出せる余裕はない。

メルリの財産はずっと前にお小遣いとしてもらった銅貨が一枚きりだ。

困ったとつるりとした頭を撫でるおじいさんに、メルリもしょんぼりと肩を落とす。

「どうしよう。お母さんが死んじゃったら」

「メルリちゃん」

縁起でも無いことを言っているのはわかる。

それでも不安でしょうがなかった。

父がいつ帰ってくるのかもわからない。

もし母に何かあればメルリはひとりぼっちになってしまうだろう。

悲しくて涙が滲んでくる。

「そうだなぁ……市場で安い薬草でも売ってればいいんだが」

「薬草？」

「ああ。昔はしなびた薬草が格安で売られてたんだ。薬を飲むよりは効果は落ちるが、煎じて飲むだけでもかなり楽になるんだぞ。でも今は……」

おじいさんの言葉にメルリは瞳を輝かせた。

薬草を煎じて飲ませるだけならメルリにだってできるはずだ。

「私、行ってくる！」

おじいさんはまだ何か言っていたが、メルリは唯一のお金である銅貨一枚を握り締め、近くにある市場に走ったのだった。

しかし結果は惨敗。

銅貨一枚では薬草を買うことはできなかった。

絶望した気持ちで家に帰ろうとしたところ、とても綺麗なお姉さんに声をかけられた。

そのお姉さんはメルリに薬草を買うお金をくれたのだ。

一緒に子どもたちを見てくれた御礼だと言って。

そして薬草の煎じ方まで教えてくれた。

お姉さんが選んでくれた薬草は、お店で売られている薬草のどれよりも綺麗でまるで輝いているようだった。

大切に腕に抱いて家に帰り、言われたとおり小さな鍋に水を入れ、薬草を沈めてゆっくりと火にかける。

弱火でじっくりと煮ていると、水の色が変わり薬特有のつんとした臭いが鼻を刺す。

目にもしみたが、我慢してずっと火加減を見ていた。

母の料理を手伝うときよりも集中したので、ようやく完成したときにはクタクタだった。

完成した薬液はとろりとしており、臭いはあまり良くない。

それを小さな器にすくい、スプーンで横になっている母に飲ませる。

祈るような気持ちで三口ほど飲ませ終わると、不思議なことに土気色だった母の顔にわずかに赤みが差したのがわかった。

そしてお姉さんに飲ませるように言われた五口目を流しこみ終えたときには、母は憑き物が落ちたようにすっきりとした顔になってむくりと身体を起こしたのだ。

「お母さん！」

「メルリ！　これは、いったい」

訳がわからないという顔で首を傾げる母にメルリはぎゅっと抱きつく。

母が元気になってくれたことがとにかく嬉しくて、わんわん泣いてしまった。

「あらあらどうしたの」

そんなメルリの背中を撫でてくれる母の手の温もりに胸がいっぱいになる。

ひとしきり泣いたあと、メルリは薬についての話をした。

薬草なら買えると思って市場に行ったこと。

お金が足りなかったこと。

知らないお姉さんに助けられたこと。

一緒に子守をしたこと。

その駄賃で薬草を買ったこと。

お姉さんに薬草の煎じ方を教えてもらったこと。

「まあ」

母はだんだんと表情を曇らせながらも最後まで話を聞いてくれた。

「……ごめんなさい。危ないことをしたのはわかってるの。でも」

子ども一人で市場に行って、知らない人に助けてもらうなんて、下手をすれば捕まって売られていたかもしれない。

それでも、メルリは母がいなくなるのが怖かったのだ。

「メルリ、おいで」

もう一度母がメルリをぎゅっと抱きしめてくれた。

「ごめんね。がんばってくれたのね。ありがとう」

「お、お母さん」

「でももう二度としないで。母さんだって、お前に何かあったらと思うと怖いのよ」

「う、うわあああん」

母は熱を出していたのが嘘のように元気になり、むしろ以前よりもずっと健康になった。

帰ってきた父は母が病気だった間のことを知りたくさん謝ってくれた。

「しかし、すごい薬だな」

メルリからことの次第を聞いた父は、薬の残りを入れた小瓶をしげしげと眺めてつぶやいた。

「薬草を煎じた薬は船でもよく使うが、一回飲んだだけで熱が下がるなんて本当か？」

「そうなのよね。本当にすぐに身体が良くなったのよね。もう一度飲んだら、前から痛かった膝や腰まですっかり治ったのよ」

そうなのだ。

薬は全部で三回分ほど完成し、最初の一回のあとにもう一度母には飲んでもらった。

「へぇ！　もしかしたら俺の目も治ったりしてな」

「まさか、ただの熱冷ましなのに……アッ！」

止める間もなく父が残っていた薬をゴクリと飲み干してしまった。

また何かあったときのために取っておきたかったのに！　とメルリと母が怒っていると、薬を飲み干した父が目を見開いて固まってしまった。

「お父さん？」

「見える……見えるぞ!!」

「「えっ？」」

薬の瓶を握り締めた父が身体を震わせ、メルリと母を見つめ、それから顔をくしゃりと歪める。

「これでまた網が編める！」

「じゃあ、もう長く漁に行かない？」

「もちろんだ！」

「やったぁ！」

大喜びで家族全員で抱き合い、涙を流した。

（もしかしたらあのお姉ちゃんは女神様なのかも）

船のへさきには、船乗りたちを守る海の女神像が彫られている。

あのお姉さんはどこか女神像に似ていた気がした。

（いつかまた会いたいな。たくさんありがとうって言いたいよ、女神様）

両親の腕の中で、メルリはそう心から願ったのだった。

あとがき

ご無沙汰しておりますマチバリです！

「余命わずかだからと追放された聖女ですが、巡礼の旅に出たら超健康になりました」の二巻をお手にとっていただきありがとうございます！

プラティナとアイゼンの旅の続きを無事にこうやってお届けできてとても嬉しいです！

一巻から大変お時間がかかってしまい誠に申し訳ないです……。


今巻は二つ目の聖地である港町でのあれこれになります。

プラティナの身体に隠されていた呪いの秘密や、少年の姿になったアンバー、おいかけてきた元婚約者ツィン、そして仲間になったノース。

もりだくさんでとても楽しく書かせていただきました。

一番楽しかったのはアンバーの成長ぶりです。聖地で巨大なドラゴンになったアンバーは言葉を話し、人型にチェンジしました。

登場させた時からいつかこうしよう！　と思っていたのでにこにこです。

そして忘れてならないもう一人の男、ノース。一巻でもちらちら活躍していましたが、とうとう完全に旅の仲間になってくれました。

こんなにも沢山のキャラを一度に動かすのはわりと初めてに近い挑戦だったのですが、全員が良く喋ってくれて書くことはまったく苦では無かったです。

しかし、楽しく書き進めてしまった結果、最後の聖地までの道のりが残ってしまいました。

プラティナの巡礼はもう少し続きます。

『小説家になろう』での連載でしっかりハッピーエンドまで辿り着かせてあげたいと思いますので、もしよろしければもう少しお付き合いください。

またこちらの作品は現在コミカライズ版が連載中です。ガンガンオンラインにて淡谷こむぎ先生がとても楽しくコミカルな漫画にしてくださっております。コミックスも発売中ですので、是非合わせてお楽しみ頂ければ嬉しいです。

美しいイラストを描いてくださったのは一巻に引き続きマトリ先生。今回は表紙がイケメンパラダイスとなっております。ラフをいただいた時には「ひええ」と叫んでしまいました。挿絵で登場のゼットさんもめちゃくちゃイケオジに描いていただき眼福の極み。本当にありがとうございます。

最後になりましたがこうやって二巻を出せたのは一巻から読んでくださった読者のみなさんのお

かげです。ありがとうございます。
またどこかでお会いできますように！

転生しました、
サラナ・キンジェです。
ごきげんよう。
～婚約破棄されたので
田舎で気ままに
暮らしたいと思います～
辺境の貧乏伯爵に
嫁ぐことになったので
領地改革に励みます
～ドラゴンと公爵令嬢～
ライブラリアン
本が読めるだけの
スキルは無能ですか!?
婚約者様には
運命のヒロインが現れますが、
暫定婚約ライフを満喫します!
～あなたの呪い、
嫌われ悪女の私が解いちゃダメですか?～
「聖女様のオマケ」と
呼ばれたけど、
わたしはオマケでは
ないようです。

無自覚聖女は
今日も無意識に
力を垂れ流す
～今代の聖女は姉ではなく、
妹の私だったみたいです～
異世界転移して
教師になったが、
魔女と恐れられている件
～王族も貴族も関係ないから
真面目に授業を聞け～
ボクは光の国の
転生皇子さま！
～ボクを溺愛すりゅ仲間たちと
精霊の加護でトラブル解決でしゅ～
転生したら
最愛の家族に
もう一度出会えました
前世のチートで
美味しいごはんをつくります
こんな異世界の
すみっこで
ちっちゃな使役魔獣とすごす、
ほのぼの魔法使いライフ
強くてかわいい！

EARTH STAR LUNA

余命わずかだからと追放された聖女ですが、巡礼の旅に出たら超健康になりました 2

発行 ―――― 2024年6月3日　初版第1刷発行

著者 ―――― マチバリ

イラストレーター ―――― マトリ

装丁デザイン ―――― 村田慧太朗（VOLARE inc.）

発行者 ―――― 幕内和博

編集 ―――― 筒井さやか

発行所 ―――― 株式会社アース・スター エンターテイメント
〒141-0021　東京都品川区上大崎 3-1-1
目黒セントラルスクエア　7F
TEL：03-5561-7630
FAX：03-5561-7632

印刷・製本 ―――― 図書印刷株式会社

ISBN 978-4-8030-1952-0